JN074284

ちっちゃい俺の
巻き込まれ
異世界生活
3

ケータ（五木恵太）
いつきけいた
聖女と共に転生した、チート能力を持つちみっこ。中身は日本で事故に巻き込まれて死んだおっさん。本人にそのつもりはないが、その言動で周囲をほっこりさせる。
黒猫
元は黒豹のような妖獣。助けられたケータと一緒にいるため、黒猫に変身した。
アールスハイン・リュグナトフ
イケメンの第３王子。ヤンキー顔で一見怖いが、優しく面倒見のいい少年で、ケータの後見人のような立場になる。
主な登場人物

シェル・クライム
アールスハインの従者で、ケータの面倒もよく見てくれる切れ者の執事。赤ちゃん言葉のケータの言うことをよく理解してくれる、頼りになる存在。
ディーグリー・ラバー
ラバー商会の次男。パッと見軽薄そうなイケメンだが、人懐っこくて愛想がいい。
ユーグラム・アッセンブル
教皇の長男。常に無表情だが、感情は分かりやすい。可愛いもの好きで、ケータのことも気に入っている。
ティタクティス・スパーク
スパーク辺境伯家の五男で、恵太の親友である三栗谷助の生まれ変わり。

Contents

ぬー

イラスト
こよいみつき

これまでのあらすじ

巻き込まれ事故で死亡してしまった五木恵太は、幼児ケータとなって異世界に転生した。

聖女召喚の最中に聖女リナと一緒に降臨したケータは城で保護されることとなり、第3王子アールスハインにかけられていた呪いをあっさり解いて周囲を驚かせる。

ケータはその後も、フクフクの外見からは想像できない驚きの能力で、神の交代劇に一役買ったり、食の常識を覆したりと、大活躍で城中の人間から絶大な人気を集める。聖獣であることも判明するが、その後もマイペースに異世界生活を満喫していく。

アールスハインと共に、学園に入学することが決まったケータ。寮生活をスタートさせるが、そこには天敵のリナと彼女に虜の第2王子キャベンディッシュの姿が……。

学園生活では、ユーグラム、ディーグリーという新たな仲間も加わって、魔法剣の発明をしたり、絶品のおやつを開発したりと、ますます大活躍のケータ。

ある日、仲間4人は、森での実践演習に参加することに。凶悪な魔物を倒したり、精霊を助けたりと変わらぬ活躍をするケータ。さらに、モフモフ要員の妖獣の黒猫も助けて仲間に。

一方、リナが禁忌である魅了の魔法の使い手かもしれない、という気になる情報が飛び込んできて、真相の解明に協力することを決めたケータたちだが……。

1章　新たなペット登場

おはようございます。

今日の天気は曇りです。

森での演習最終日です。

いつもの服を着て、食堂でごはんを食べ、馬車に乗って森へ。

特に集合することもなく、スタート地点に移動して、開始の合図を待っている。

相変わらず俺たちの担当はニスタさんで、相変わらず孫自慢をしている。

鐘の音が森に響いて、本日の演習スタート！

曇りのため、薄暗い森を進む。

昨日の雨で足元がぬかるんでいるので、速度は遅め。

一昨日の魔物の大量発生の影響か、小物ではあるが、魔物の数が多い。

昼前なのに、虫魔物の数が１００を超えそうだ。

熊魔物も10匹を超えた。

湿気が多いので、虫魔物避け（よ）の香が効きにくく、ユーグラムの眉間（みけん）に常に深い皺（しわ）が寄っている。

八つ当たりのように魔物を狩っていて、アールスハインとディーグリーの出番が少ない。

お昼をとる草原に到着。

したのだが、そこは一面、虫魔物の巣窟だった。ショックを受けたユーグラムが、火魔法を連発。

慌てて周りを消火したが、加減をしていなかったのか残ったのは焼け野原。

虫魔物は残骸も残さずに消え去った。

ここではご飯を食べる気にならず、適当な場所を探して移動することに。

なかなか見付からないうちに、俺の腹が盛大に鳴き出したので、仕方なく森の中で昼食をとることに。

ホカホカにした携帯食料は、少しばかり香りが強くなるのか、魔物がジリジリと近づいてくる。

交代で食事をとり、休む間もなく再出発。

力の強い猪や熊よりも、集団で襲ってくる狼魔物の方が厄介で、皆のバリアの練度がどんどん上がっている。

魔法なんてからっきし！　と言うニスタさんには、俺がバリアを張ってるけどね。

遠目に見かけた他の班は、バリアを上手く使えていないのか、ボロボロのヨレヨレだった。

演習中の行動は、基本、冒険者の行動に倣っていて、冒険者同士はパーティーと依頼人以外は助けを求められない限り、助けることはない。

助けを求めた側は、狙っていた獲物がどんな高価な物でも、助けてくれた相手に全て譲らなければいけない。

これを破ると、冒険者ギルドに報告されて、最悪冒険者を続けられなくなるらしい。

これは、演習中の学生でも同じ措置を取られ、他人が闘っている時は、近づかない、他人の獲物は奪わない、助けを求められたらできる限り応える。

そんな決まりがあるので、他の班を見かけても、あまり近づかないようにした。

狼魔物の群れを蹴散らして、熊魔物をユーグラムが瞬殺。出番の少ないディーグリーが横から突っ込んできた猪魔物を、八つ当たり気味に蹴飛ばしたら、木に正面衝突して絶命したのは驚いた。

休憩もなく、真っ直ぐ拠点に到着した。いつもよりだいぶ早い時間についた拠点には、まだ他の班は到着しておらず、インテリヤクザな担任が暇そうに見回りをしていた。

「なんだお前ら、今日は早いな！」

「聞いてよ、せんせー！　ユーグラムったら、野原に虫が大量発生してるからって、一面焼け野原にしちゃったんだよー！　お陰で、大量の素材が灰になったー」

「ハハッ！　そりゃ災難だったな、ユーグラムよ、ちゃんと消火はしてきたんだろうな？」

「しました………ケータ様が」

「おいおい、苦手だからって殲滅（せんめつ）するのは勝手だが後始末はちゃんとしろよ！」

「はい、すみません」

会話中ずっと憮然（ぶぜん）とした顔のユーグラムだったが、ちゃんと反省はしているらしく、心なしか肩が下がっている。

消火したことで褒（ほ）められているのか、インテリヤクザな担任が頭をグリグリ撫（な）でてくる。

飛んでる時に撫でられると、体ごと上下するのでやめてほしい。

拠点にもたまに魔物が出るが、危なげなく待機している教師だけで倒していくので、俺たちは魔物の査定を済ませると、やることもなくボンヤリしている。

「ね～ね～ケータ様！　暇だから昨日のフワフワのやつの作り方教えてよ！」

「ほっちょけーち？」

「ほっちょけーちって言うの？」

「あっちゃかいけーちってゆーいみよ（温かいケーキっていう意味よ）」

「へー、俺、あんなフワフワで柔らかいお菓子初めて食べたよ！　美味（おい）しかった～」

材料はシェルが大量に用意してくれた物をマジックバッグに入れているので、作ることはできる。

アールスハインとユーグラムまで期待に目を輝かせているので、他にやることもないし、作りますか。

昨日は1人3枚分焼いたのに、あっと言う間に食べ尽くされたので、大量に作ってやりましょう！

ディーグリーが手伝いを申し出てくれたので、卵を割って卵黄と卵白に分けてもらう。

意外に器用な手付きで卵を割るディーグリー。指示を出しながら魔法を使って生地を仕上げていく。鉄板バリアを温めて、木のお玉で生地を落としていく。ゆっくりと膨(ふく)らんでいく生地を、俺以外が凝視している。

じっくり焼かないと膨らみが足りなくなるので、急(せ)かされてもダメなものはダメです！

インテリヤクザな担任まで交ざってソワソワしている姿は、ちょっと面白い。

蓋(ふた)を外してひっくり返す。

ディーグリーがやりたい！　と言い出したのでやらせてみると1個めは見事失敗。

2個めからは上手いことひっくり返したので、任せてまた蓋をして焼いて、皿に盛って、バターと蜂蜜(はちみつ)をかけて、ふっくらフワフワホットケーキの出来上がり。

先を争うように食べる面々。

ねえ、救護担当教師2人、いつの間に来たのさ？　そんで皆食べるの早いよ！

俺が半分食べる間に、他の皆は3枚食べ終わってるって、どんだけ早いんだよ！

かなりの数を焼いたのに、もう残り数枚しかないって、呆れるしかないね。

食べ終わって満足そうに腹を摩る面々。

ゆるゆるの顔をしているが、このあと魔物が現れたら、ちゃんと闘えるんだろうか？

俺たちがまったりしているうちに、ポツポツと他の班が到着してきて、査定の列に並ぶ。

他の班はマジックバッグを持っていないので、大きな風呂敷みたいな布に、魔物の討伐部位と呼ばれる、一番高く買ってもらえる部分だけを持ってきている。

あれでは素材としての買い取り額がだいぶ少ないだろうが、持ちきれなくなるよりはマシってことなんだろう。

猪魔物の牙とか、熊魔物の手とか、1個だけでも重そうだしね。

令嬢たちの班が虫魔物の素材中心なのは、重さが原因だろうか？

中には猪魔物の牙を担いでいる令嬢もいる。

見るからにワイルドな令嬢。

武闘派な令嬢って迫力あるね！

そして皆ボロボロのヨレヨレ。

無傷で大して汚れてもいない俺たちが、怠けていたみたいでなんだか肩身が狭い。

しかも俺たちの班は、お腹いっぱいでゆるゆるの顔してるし。

キャベンディッシュなんか全身泥まみれで、同じ班の人になかば担がれるように拠点に現れ、救護テントに運ばれていった。

拠点周りに現れる魔物は、インテリヤクザな担任や、他の教師、冒険者に倒されているし、俺たちの担当だったニスタさんも、拠点についた途端、見回りに加わったのでここは安全。

他の班の人たちは安心しきって、令嬢たちまで地面に座り込んでいる。

「あれ、今日は早いんですね？」

「あー、おちゅかれー」

昨日お礼してきた爽やか君たちの班が来た。

「お疲れ様です、今日は早いですね？」

「そーなの。ユーグラムが虫嫌いなんで、休憩もせずに一直線に帰ってたからね～」

ディーグリーがからかうように言えば、ユーグラムは知らん顔でそっぽを向く。

「あー、でも確かに今日は特別多かったですから、苦手じゃなくてもウンザリはしましたね」

「そうですよね！　あのウゴウゴと蠢く様が！　思い出しても鳥肌が立ちます！」

「まーねー、あの草原には俺も鳥肌立ったけどね～」

今日は、どの場所でも虫魔物が大量発生していたらしく、爽やか君もウンザリした顔をしている。

「あの、ところで皆さん、この辺がすごくいい匂いするんですが…………」

「ほっちょけーちちゅくった！」

「ほっちょけーち？」

「これがね！　フワフワでシュワシュワ！　口の中で蕩けるように柔らかで、甘さが控えめでやさしい味わいで、夢のようなお菓子だったよ～」

ムフフ～、と笑うディーグリーに、わけが分からない顔をする爽やか君。

この世界の菓子は、やたら甘くてかっっっったいもんね！　柔らかい菓子が想像できないのだろう。

疑問いっぱいの顔だが、お腹いっぱいだから、新たに作ったりはしません！

俺たちが会話している間に終了時間になり、全ての班が揃ったので、帰りの馬車に乗って学園に帰ります。

いつもより多くの魔物が出たが、ひどい怪我人などはおらず、森の演習は終了した。

学園に帰ってきて、着替えのために一旦解散して部屋に戻る。

シェルが用意していてくれたお風呂に入り、着替えて少しゆっくりしたら食堂へ。

二股女がいるのに、落ち着いた雰囲気の食堂。

不思議に思ったが、そう言えばキャベンディッシュとその取り巻きは泥まみれだった。

落ち着いてごはんが食べられるのって素晴らしい。

アールスハインたちは、明日も城で魔法剣の練習をするか話していて、俺は食事の途中から眠気に勝てず、コックリコックリしていた。

幼児な体は、時に全く思い通りにならないので困る。

俺は本物の幼児ではなく聖獣のはずなのに、思い通りにならないのはなぜ？

食事の終わる頃には、ほぼ意識を手放していた俺でした。

おやすみなさい。

ＺＺＺＺＺＺ………。

おはようございます。
今日の天気は曇りです。

今日は休日なのに、いつもと同じ時間に目覚めました。

休日らしく、発声練習と準備体操を休んで、ベッドでコロコロしています。

隣で黒猫もコロコロしてるのが、とてもかわいいです。

そう言えば、そろそろ黒猫の名前を考えた方がいいかな？

黒猫をじっと見ると、黒猫もこっちを見てきます。

「んー、たま、まりゅ、くりょ、くりょひょー、ひょー、あお、あおい、ブリュー………」

思いつく限りあげてみるが、しっくりこない。

昔から名付けのセンスがないのだ。

怪しい呂律（ろれつ）のせいで、半分も発音できてないし。

「んー、めーがあおいかりゃ、そりゃ？」

「ニャー」

「そりゃ？」

「ニャ？」

名前はソラに決まりました。

「ソラか、いいんじゃないか」

後ろからの声に驚く。

いつの間に起きたのか、片肘立てて頭を支え、こっちを見て笑うアールスハインは朝から無駄に色気満載。

俺しか見ていないとは、本当に無駄遣いである。

気になる令嬢の前でこの顔を見せてやれば、一発で堕ちるだろうに。

無自覚なところも残念な点である。

起きてる時は目付きの悪いヤンキー顔で、寡黙(かもく)なせいで近寄りがたい雰囲気で、最近は幼児な俺を抱っこしているせいで多少緩和されているとは言え、身分のこともあって遠巻きに見られるだけで友達もいなかったらしい。

いい男なのに、モテないとは残念な男である。

そんな観察に励んでいると、シェルが部屋に入ってきたのでお着替えです。

今日はお城に行くので、普段着（？）の耳と尻尾のついた、ソラとお揃いの黒い着ぐるみです。

抱っこされて食堂に行くと、ユーグラムとディーグリー、なぜかい～い笑顔の助(たすく)が同席を求めてきた。

普段より大きなテーブルで食事をする。

食事中は特に会話もなく、そのまま馬車に乗り、城へ。

助の膝に座って、

「たしゅきゅーも、まほーけんしゅんのー？（助も、魔法剣すんの？）」

「そりゃするだろ！　知り合いの騎士に聞いたら、学園じゃまだ無理だけど、城に来れば教えてやるって言うから、こりゃ絶対けーたが何かやらかして大事になったパターンだと思ったんだよ」

黙って目を逸らします。

「お２人はずいぶん親しそうですが、ケータ様がご降臨されたあと知り合ったんですか？」

「え？　あ、いやー」

と助が口ごもってアールスハインを見ると、

「実はティタクティスも降臨に巻き込まれた１人だ。ただティタクティスはなぜか時間がずれて、この世界に生まれ変わった形で現れたんだ」

「ええー！　スパーク殿も異世界人⁉」

「あー、俺の場合、こっちの世界で育った記憶もあるので、異世界人と言われると違和感がありますね」

「あ、ごめん」

「いや、謝ってもらうことでもないです。完全に異世界の記憶を思い出したのは、けーたたちが降臨したのと同じ時期なんで、けーたみたいな特別な力を授かったわけでもないですし、普通にしてください。あと騎士団に何人かスパーク姓の人がいるんで、俺のことは名前で呼んでもらえるとありがたいです」

「えぇ。それではティタクティス殿、親御さんには前世のことは？」

遠慮がちにユーグラムが尋ねると、

「あ、殿もいらないです。話してないですね、その前に鬼属の覚醒で大騒ぎになっちゃったんで、逃げてきました」

「鬼属の覚醒！　それはおめでとうございます！　辺境では多いと聞きますが、それでも10年振りくらいでしたか？」

「はい、12年振りですね。それで親父が俺を当主にするとか騒ぎだして、ケンカして逃げてきました」

「辺境伯なら、より強い者を～とかなったわけだ～。納得はするけど確か辺境伯家の長男さんて、鬼のように強いって評判だよね？」

「そうですね、俺も鬼属の覚醒のあとに手合わせしましたが、全く敵いませんでした」

「それでもティタクティスを当主にしようとしたの～？」

「うちの親父は、12年前に鬼属に覚醒した叔父への憧れが強すぎるんですよ。なんで俺に当主になれとか無茶振りしてきやがって」

「あ～、憧れの人を重ねちゃった感じか～。それは厄介だね～。そんな父上からどうやって逃げられたの～？」

「兄より弱い俺では当主に相応(ふさわ)しくないので、強くなるため修行してくる、とかなんとか言って出てきました」

「おお～、頭いい～！」

「いやいや、めんどくさい親ですよ。普段は臆病(おくびょう)なほど慎重で現実主義なのに、鬼属のこととなると、判断がおかしくなるんですから」

「ああー、俺の親も同じ感じ！　新しい魔道具とか見ると、使い道もないのにとりあえず買っちゃったりして！　ただ俺の親は欲が深いから商売人になったらしいけどね～」

「あなたのご両親は、欲が深いと言うよりも仕事中毒と言った方が当てはまるのでは？」

「アハハハ！　確かに～」

「お2人は昔から親しいんですか？」

「子供の頃に教会の集会で会ってからですからね、もう10年の腐れ縁ですね」

「腐ってないし～」

　そんな話をしているうちに、城に到着。

今日は訓練に来たので、直接訓練場に向かう。

お迎えも、いつものデュランさんではなく、若い騎士が2人来ただけだった。

訓練場に着くと、既に将軍とイングリードが打ち合いをしていて、その周りでも多くの騎士たちが訓練に励んでいる。

もともと動きやすい服を着てるし、訓練用の革鎧を借りて、それぞれに身に付けていく途中、

「なーなーけーた、なにこの空気、超こえーんだけど？」

「しょーね、こわーいにぇ」

「なんで皆笑ってんの？　爆笑しながら闘ってんだけど、なんなの？　ヤバい薬でもキメてんの？」

「ねー、せんしゅーかりゃじゅっとこんなんなん、せーしんこーげきらねー（先週からずっとこんなんで、精神攻撃だね）」

「……………確かに、超こえー。俺あそこに入っていかねーといけねーの？」

「がんばりぇー」

アールスハイン、ユーグラム、ディーグリーは既に用意が済んで、それぞれの場所に行ったが、助はいまいちこの空気に馴染めずに尻込みしている。

そんな俺も怪我して血を流してるのに、爆笑してる騎士に捕獲されて救護所に連行されまし

た。

怪我人が次々運ばれてくるのに、皆笑ってて、ほんと怖い！

魔物にこの精神攻撃が通じるとすれば、この国は最強になると思う。

戦争とか起きても、闘う相手を恐怖で戦意喪失させられると思う。

だって、闘う相手が全員、爆笑しながら血を流してるんだもの。

新しいホラーだと思う。

手の空いた時に周りを見ると、さすがにアールスハイン、ユーグラム、ディーグリーは笑ってはいないけど、対戦相手はゲラゲラ笑ってるし、それなのに全然敵わなくてとても悔しそう。

遠くの方では将軍とイングリードが、やっぱり爆笑しながら対戦してて、剣から火花とか氷結とか出してて、周りの騎士にまで被害が出る始末。

端っこの方で魔法剣の基礎を習っている助が、すごいへっぴり腰になってる。

本当に、ヤバい薬でもキメてんのかと思われても仕方ない状態。

相手の技で吹っ飛ばされる人とかも出てるのに、皆満面の笑顔だし。

骨折ったくらいじゃ痛がりもしていない。

誰か1人くらい、冷静な人はいないもんか。

救護班は救護班で、杖を媒介にすれば魔力反発を起こしにくくなることを自力で発見したらしく、皆して杖を振り回していて危ないし、笑ってるし！

仕方ないので、俺は隅の方でトンネル型バリア張って、その中を聖魔法で満たして通り抜けるだけで怪我が治るようにしてやったさ！

救護班の練習にならないので、俺に回されるのは軽傷者だけ。なので勝手に通って治れってスタイルでいきます。

近寄ると、なんかハイな気分が移りそうだし。

バリアに背中預けて、ソラを揉みくしゃにして遊んでました！


多大な疲労を感じる精神攻撃をかい潜り、やっと午前中の訓練が終了した。

デュランさんが迎えにきてくれたんだけど、思わず半泣きでしがみついちゃったよね！

食事室に移動して、リィトリア王妃様とアンネローゼも合流して食事が始まる。

いつもよりも質素な食事に不思議に思っていると、部屋の隅にシェルと以前に見た料理人さんが運んできたワゴンを見て理解した。

小麦粉、卵、砂糖、ミルク、蜂蜜とバターが大量に載ったワゴン。

あまりの量にウンザリしたが、期待に輝く周りの人たちの目を見て、仕方なく準備に取りかかる。

将軍さんと宰相さんは不思議そうな顔をしていたので、２人だけは俺が何をするのか知らなかったようだ。

小さめの浴槽くらいの巨大バリアボウルを作り、料理人さんに手伝ってもらって卵を割り、卵白と卵黄に分けていく。

さすがプロ。卵はあっと言う間に分けられて、魔法で大量のメレンゲを作り、卵黄液と合わせ、鉄板型バリアに順次載せていく。

料理人さんだけでなく、皆が集まってものすごく真剣な顔で見ていてちょっと引く。

待ちきれないのか、アンネローゼがソワソワと体を揺らしているのがかわいい。

隣で同じように揺れるイングリードは見ない方向で！

次第に膨らんでいく生地に、皆が目を輝かせて蓋を外した時の匂いを嗅いで、一様に恍惚とした表情になる。

ひっくり返すのは、見本を見せるとあとは料理人さんがしてくれて、それは見事な手際だった。

膨らみが収まって、生地が落ち着いたところで、デュランさんの登場。

料理人さんと協力して皿に盛り付けて、全員に配っていく。

料理人さんは、残った生地をさらに焼いていく。

初めて食べる面々は恍惚とした顔で呆けていたが、アールスハインら食べたことのあるメンバーは、おかわりの速度が速い。それに気付いた他の人たちも、次々おかわりの速度を上げていく。

イングリードと将軍さんなんかは笑いながら食べてるし、宰相さんは上品に静かに食べているのに、その速度は尋常じゃない。

リィトリア王妃様とアンネローゼも負けてないのがすごいし、料理人さんが次々焼いているのに、足りない勢いだ。

俺は1枚食べれば満足なので、少し離れてその様子を眺めているが、何枚か食べて勢いについていけなくなった助が、俺の方に来た。

「……………なんかすごくない？」

「プリンにょときもしゅごかった（プリンの時もすごかった）」

「へー。まぁ、この世界の菓子って、なぜかものすごい固い菓子しかないからなー」

「しょー、かっっっったい！」

「材料は同じなのに、なんでそうなる？　ってなー」

「くっちーたびらりないかりゃなー（クッキー食べられないからなー）」

「あぁ、子供にはつらいよな」

「しょーしょー」

料理人さんがやっと生地を焼き終わり、それを全て盛りつけ終わるとこっちに来た。

「ケータ様、今回の菓子も素晴らしいものでした！　前回のプリンと違い、今回の菓子はなんとか私どもでも再現できそうで、ありがいことです！」

プリンも再現できるだろうが、試行錯誤は必要になるだろう。

なので、プリンの時に渡せなかった作り方を書いたメモを渡してみたら、涙ぐんで感謝された。

なんでも、あの時あの場所にいなかったメンバーに、自分たちだけ味見して再現もできないなんて！　って散々文句を言われてたんだって。

一応蒸し器の絵も描いて説明しておいたけど、これは道具屋さんに特注しないといけないので、まずはオーブンでの作り方で頑張るってさ。

作ったホットケーキは全て食べ尽くされ、使用人さんたちの分は残されてなかった。

使用人さんたちの、若干恨めしげな目が隠しきれてないのが面白かった。

料理人さん頑張って！

昼過ぎも訓練。

開き直ったのか、助も躊躇わずに仲間に入っていった。

多少、腰は引けてたけど。

俺は、ソラに大きくなってもらって、巨大抱き枕にして昼寝してました。

夕飯は学園に帰ってから食べるので、ほどよい時間に切り上げて帰ったよ。

ずっと寝てたから覚えてないけど。

あんまりよく寝てるので、起こせなかったらしく、夕飯を食いっぱぐれた。

おはようございます。

今日の天気は、今にも雨の降りそうな曇りです。

発声練習と準備体操をしながら、シェルが来るのを待ってます。

いつものように部屋に来たシェルですが、よーく見ると機嫌が悪いのが分かります。

それはきっと、昨日のホットケーキをシェルだけが食べられなかったせいでしょう。

王様をはじめ、リィトリア王妃様とアンネローゼは、俺が作ったホットケーキを爆食いしたけど、デュランさんとシェルは給仕の方に回ったので、食べられなかったからね。

他のメイドさんなんかも食べられなかったけど、今回は料理人さんに作り方のメモを渡してあるので、あのあとにでも作ってもらったと思う。

てか、作れよ！　って言う無言の圧力を料理人さんに送っていたよね！　特にメイドさんの目力は、ビームが出そうだった。

夕飯前に学園に帰ってきたので、料理人さんお手製のホットケーキも食べられなかったのはシェルだけ。

ちょっと可哀想になってきた。

なので俺が森での演習の時、密かに確保しといたホットケーキをシェルに進呈しましょう。

シェルのところに飛んでって、シェルの腰につけてるマジックバッグを開ける。

シェルのマジックバッグは俺が作ったので、誰でも出し入れできる。

時間停止はついてないので、時間停止をバリアにかけて、その中に俺のマジックバッグから取り出したホットケーキをササッと入れてあげると、それはそれは嬉しそうにお礼を言われた。

機嫌が直ったようで何よりです。

いつもの冒険用の服に着替え、食堂へ。

食堂中央では、ここ何日かご無沙汰だった二股女劇場が開演しており、キャベンディッシュと生徒会長が二股女を挟んで睨み合っている。

が、周りのスルー力が半端ない。

誰にも注目されることなく騒ぐ人たちを横目に、端の方の席でのんびりと朝食をいただく。


今日からは森ではなく、草原での演習になる。

馬車に乗る時間も半分で済むので、ブランコを設置せずともなんとか耐えられた。

令嬢たちが若干残念そうだったが、スルーした。

草原での演習は、1班に1人冒険者がつくのではなく、間隔をあけて冒険者が立って、ピンチの時は駆けつけるようになっているらしい。

背の高い草に囲まれたスタート地点に立つ。

この草原も虫魔物が多いのか、ユーグラムの機嫌が悪い。

最近は、虫魔物避けの香がユーグラムの体臭のように香る。

嫌な匂いではないが、虫魔物避けの匂いは誰もが知っているので、自分は虫魔物が苦手って宣伝しているようなものである。

スタートの鐘が鳴り、拠点に向けて歩き出す。

初めて来た場所なので、多少緊張して警戒しているが、森ほど歩きづらくはないので速度はそこそこ。

やはり虫魔物が多く、ユーグラムには近づいてこないが、ちょっと離れたところにはワサワサいる。

全部を狩ると大変なことになるので、黒い靄(もや)が濃い物を中心に狩っていく。

出てくる魔物は、兎(うさぎ)魔物、狼魔物、狐(きつね)魔物と森でも見かけたものから、狸(たぬき)魔物、鼠(ねずみ)魔物などの見たことのない魔物も出る。

森と違って、1匹1匹の力は弱いが数が多い。

そして異世界と言えば最初に出てくると思っていた魔物の定番が、ここにきてやっと見られた！

「しゅりゃいむー！（スライムー！）」

つい興奮して叫んでしまった。

初めて見たスライムは水色ではなく、目はゴマのような点でしかなかったが、緑色の半透明のグミを大きくしたような体は、ポヨポヨと跳ねていて魔物にしてはとても可愛らしく見えた。

俺が近づいて繁々(しげしげ)と眺めていると、ササッと後ろから捕獲され、ディーグリーがひどく警戒した声で、

「こんなところにスライムが出るなんて！」

って、臨戦態勢を取った。

驚いて俺を捕獲しているディーグリーを見ると、警戒した顔で手に短剣を構えている。

「しゅりゃいむって、ちゅおいの？（スライムって、強いの？）」

答えてくれたのはアールスハイン。

「あぁ、力も強くとても厄介な魔物だ。無闇に近づいてはダメだ」

「スライムは、あの体の中にある核と呼ばれるちょっとだけ色の濃い部位を破壊しなければ倒せませんが、核を自由に動かすことができるので、なかなか攻撃が通らないんです。そして体から出す触手での攻撃は、時にスライミヤ嬢の鞭（むち）以上の威力を持ちます！」

この世界のスライムは強敵だったよ！

緑色のスライムは、強くなると風魔法まで使ってくるから、より厄介な魔物だそうでビックリだね！

ユーグラムが魔法で触手を切り落とし、ディーグリーとアールスハインが核を狙って攻撃するが、一向に核に当たらない。

2人がかりで素早い攻撃を繰り出すが、息切れしてきたので一旦距離を取り、ユーグラムの魔法で牽制する。

可愛らしい見た目なのに強敵。

しかも黒い靄が濃い。

核と呼ばれる体内の小さな塊が真っ黒だ。

初スライムに興奮して見てなかったが、靄の濃さから考えると確かに厄介な魔物だ。

なので俺も参戦してみよう！

スライムに向かって魔法を放つ。

俺の魔法が着弾したところから、スライムの体が凍りついていく。

表面が凍りついてスライムが動きを止める。

その隙にディーグリーが素早く近づき、核に向かって一突き。見事核を貫いて、スライムは形を崩し、ビニールみたいな表皮（？）を残し溶けた。

「うえーい！　俺、初めてスライム倒した〜！」

「いえ、今のはケータ様が倒したも同然です！」

「まぁそれは確かにそうだけど！　いいじゃん、初討伐だよ！　ケータ様うえーい」

とハイタッチを求めてくるので、

「うえーい！」

と答えたら、ユーグラムが、ちょっと悔しそうだったのに笑ったけどね。

そのあとも順調に魔物を狩りながら、昼休憩を取ってさらに進む。

俺の魔法を見てユーグラムもいろいろ工夫したので、スライムも危なげなく倒すことができて、森よりも範囲は広いけどサクサク進んだ。

拠点に着くと半分くらいの班が揃っていて、何やら査定場所で騒いでいる奴がいる。

俺たちも査定のために近寄っていくと、騒いでいたのはキャベンディッシュ。

「これだけの希少な魔物の数々を正当な査定ができぬのなら、査定員の交替をしろ！　貴様はクビだ！」

とか叫んでる。

それに返すのは、アニメに出てくる典型的な市役所職員みたいな、布製アームカバーを着け七三分けにしたテカテカの髪、メガネをキランと光らせた細面の男。

「ですから何度も申し上げている通り、この魔物からは素材が取れません。これだけの傷や焼け跡があれば、どれほど希少な魔物でも、査定が下がるのは当然です。それと私は副ギルド長なので、私以上に査定に詳しい者はこの王都にはおりません。それでもご納得いただけないなら、他国にでも持っていったらいかがです？」

副ギルド長さんだそうです。

揉めてる声を聞きつけたのか、やっと教師が駆けつけてキャベンディッシュは去って行った。

とても不貞腐(ふてくさ)れた顔してたけどね。

俺たちが査定の列に並ぶと、遠巻きに騒ぎを眺めていた皆が寄ってきて、覗(のぞ)き込んできた。

次々魔物を出していくと、副ギルド長の査定員さんは顔を輝かせ、最後にスライムの皮を出すと、踊り出しそうなほど喜んだ。

魔法で固めて一突きされたスライムの皮は、傷が1カ所しかなく、最高査定になるという。

続いて俺の出した虫魔物は、靄の濃い魔物を選んだだけあって希少な虫魔物も混ざっていてさらに喜ばれた。

もちろん俺の獲物も、魔法で頭を一突きしたので最高額査定いただきましたよ！

今日からは、２・３年生は本格的に泊まり込みなので、学園に帰ってキャベンディッシュに絡まれることもなくなる。

１日目にしては、トラブルもなく順調に過ぎた一日でした。

おはようございます。

今日の天気は雨です。

演習中は常に飛んでる俺にはあまり関係ないけど、歩きにくそうな天気です。

着替えて食堂で朝ごはんを食べたら、馬車に乗って草原へ。

雨で視界が悪い中、出発。

草で滑るのか、たまに体勢を崩す皆。

雨だからかは分からないが、獣系の魔物が少ない代わりに、やたらとスライムが多い。

しかも緑色だけでなく、水色のスライムも出てきた。

水色スライムは、水魔法を使い水弾を放ってくる。

バリアで防げる程度の威力だが、ビックリするのでやめてほしい。

まぁ仕返しに瞬殺してやるけどね！

昼休憩までに30匹はスライムを狩って、バリアで雨避けをして昼食。

いつものホカホカにした携帯食料は、雨で冷えた体にありがたい。

ユーグラムも練習したのか、自分の分を温めようとしたが、お湯が多くてベチャベチャになったり、なぜかさらに固くなったりしてた。

反省のためにって、とても不味そうに食べてたけどね。

バリアの下で休んでいると、１匹のスライムがバリアの中に入ってきた。

傘のように下が開いたバリアなので入ってくるのは不思議ではないが、自ら近づいてくるスライムは珍しい。

たいがいのスライムは、半径1メートル以内に動くものが来ると攻撃してくるのだが、もともと移動中でもない限り自ら攻撃をしてくることは滅多にない。

今、バリアの下に入ってきたスライムは、攻撃するでもなくただプルプル揺れているだけで、黒い靄さえない。

奇妙なスライムに、最初は警戒していた皆だが、揺れてるだけで一向に攻撃してこないので困惑するばかり。

見た目がかわいくて、害がないものを攻撃するのは躊躇われて、無言で見つめることしかできなかった。

俺は？　もちろん近づくよね！　念のためバリアは強目に張ってるけど、見たこともない乳白色のスライムの前にしゃがみこみ、指先でツンツンしてみる。

スライムの方も、触手を伸ばして俺の膝の辺りのバリアをツンツンしてくる。

楽しくなってきた俺は、バリアを解いて両手で撫で回したが特に攻撃されることもなく、ソラも興味を持ったのか、軽い猫パンチを繰り出すが、触手で軽く返されただけで攻撃と言うほどでもなく、じゃれあいの域を出ないものだった。

そんな俺たちを見たかわいいもの好きなユーグラムが、我慢できずに交ざってきた。

しばらくの間戯(たわむ)れていたが、そろそろ出発の時間。

名残(なごり)惜しいが行かなければいけないので、傘のバリアを解いて歩き出すと、俺たちのあとをプヨプヨ跳ねながらついてくるスライム。

早足で歩いても必死についてくるので、ユーグラムが耐えられず抱え込んだ。

が、ユーグラムに抱えられたスライムは、手を伸ばすように俺に向かって触手を伸ばしてくる。

触手を掴むと、ニュルンと触手を伝って本体を移動させて、俺のところに来た。

突然腕の中から消えたスライムに驚くユーグラム。

掴んでいた触手が突然本体になったので、重さでバランスを崩し落ちそうになった俺をキャッチしたアールスハイン。

腕の中で揺れるスライム。

「懐かれちゃったね～」

ディーグリーの言葉になんとも言えない空気になると、ソラがスライムに向かって何かを話すようにニャゴニャゴし出すと、スライムは一瞬ピカッと光って、その姿を縮めた⁉

もともとバスケットボールくらいの大きさだったのが、今はピンポン玉くらいになった。

「……ソラちゃんてば、小さくなれば連れてってくれるって教えたのかな～？」

「そうとしか思えないですね」

「スライムって何食べるんだ？」

「基本なんでも食べるけど、この子は普通のスライムっぽくないから、なんだろ〜ね〜？」

「ケータ様に懐いたんですから、ソラちゃんと同じなのでは？」

ユーグラムがそう言うので、毎晩寝る前にソラに魔力をあげるように、魔力の玉を作りスライムに近づけると、嬉しそうにプルンと小さく跳ねて魔力玉を取り込んだ。

「…………合ってるみたいだな」

飼うことが決定しました。

なぜかペットが増えました。

ユーグラムがとても羨ましそうに見てきますが、俺のせいじゃないですよ？

スライムは人に触られるを嫌がらないので、ユーグラムにスライムを差し出すと、スライムも分かっているのか元の大きさに戻り、嬉しそうに受け取ったユーグラムに大人しく撫で回されていた。

その後は昨日と同じように魔物を倒しながら進み、野球ボールくらいに縮んだスライムもユーグラムの胸ポケットに入ったまま、触手を伸ばして緑色や水色のスライムを一撃で倒して、一同ドン引きしたりしたが問題もなく拠点に到着した。

拠点にはもうほとんどの班が揃っていて、怪我人が多くいたが、俺が手伝うほど重傷な者はいなかったのでスルーした。

査定の列に並ぶと、昨日もいた副ギルド長さんが期待に目をギラギラさせて待ち構えていて、ちょっと怖かった。

俺のスライムが倒した緑色や水色のスライムは、なぜか核だけを貫いて中身の液体も残したままの形で死んでいたのでそのまま持ってきたが、スライムの中の液体は貴重な薬の原料になるらしく、副ギルド長さんは泣いて喜んだ！　かなり怖かった。

スライムだけで50匹を超える獲物の数に、周りがザワザワする。

今にも踊り出しそうな副ギルド長さんが査定を終える頃に、最後の班が到着。

爽やか君たちの班で、３人とも両手どころか背中や首にまでスライムの皮を大量にぶら下げて帰ってきた。

その姿に令嬢たちが引きつった顔をしていたが、お構いなしで副ギルド長さんのところに向かった。

副ギルド長さんは大量のスライム素材に喜んだが、皮だけなので、踊り出しそうなほどではなかった。

全員揃ったので学園に帰ります。

ガッタンガッタン揺れる馬車に乗っていたが、草原を抜ける直前で急停車する。

大きく揺れた馬車に、俺の体が吹っ飛ぶが、どこかにぶつかる前に飛んで回避する。

外に出てみると、複数の小汚い男たちがいて誰かが、盗賊だ！　と叫んだ。

いるんだ、盗賊。

と眺めていると、確かに手に刃の欠けた武器を持っているが特に強そうなのはいなかった。

一番大柄で、一番偉そうに後ろにいる髭もじゃの奴が、

「お前ら、命が惜しければ武器を捨てて、両手を後ろに組め！　大人しくしていれば命は助けてやるから、無駄な抵抗はするんじゃねーぞ！」

ガラッガラの痰の絡んだような声で叫ぶので、思わずオェってなった。

令嬢たちも、小汚い姿に嫌悪の眼差しを向けている。

当然俺は男たちの姿を見たと同時に、馬車周辺に内側からだけ見えるバリアを張った。

嫌悪の視線を向けるばかりで、一向に武器を捨てる素振りすらしない俺たちを見て、気の短い何人かが近くの生徒に斬りかかるが、バリアに弾かれて逆に尻餅をつく。

その姿に令嬢たちがクスクスと上品に笑うと、大柄な髭もじゃ男が周りを押し退けて斬りかかってきた。が、やはり弾かれて後ろに倒れ込む。

何が起きているのか分からないのか、何度か斬りかかってきたが、ようやくバリアの存在に思い至ったのか、頻りにバリアを叩いている。

切ってもダメなのに、叩(たた)いて割れるわけがないだろうと呆れて見ていると、ユーグラムが広範囲に魔法を放った。

バタバタ倒れていく男たち。

どうやら意識はあるようで、麻痺(まひ)の魔法を使ったらしい。

男たちが全員倒れ込み、安全が確保された頃に、最後尾の馬車から教師と複数の冒険者が駆けてきた。

麻痺している男たちを見て冒険者が、

「お前ら、相手が誰か確かめもせず襲ったな？　この馬車は学園の演習生の馬車だぞ。お前たちが敵うわけないだろうに」

演習生の馬車を襲うのは、考えなしのアホだけであるとこの辺では有名な話らしい。過去に何度かあった襲撃も、全て返り討ちにあったうえに、高位貴族の令息令嬢がゴロゴロ乗っている馬車を襲ったことで、未遂だとしても通常とは比べ物にならないくらいの重い罰が下るそうだ。

そんな事情から冒険者は、盗賊たちに同情とも言えるような憐(あわ)れみの視線を向けていた。

盗賊の頭目らしい髭もじゃ男は、演習生と聞いて顔を青くしていた。

冒険者に縛り上げられ、引き摺(ず)られるように連れて行かれた盗賊。

特に思うこともなく、馬車に乗り学園に向かう。

馬車の中では、口々に褒められ、お礼を言われた。


予定より少し遅れて、学園に到着。

事情は教師が話してくれるらしく、俺たちはいつものように、着替えるために部屋へ。

新しくペットになったスライムを見て、シェルが笑い、ツンツンしただけで他は何も言われなかった。

食堂に向かうと、2・3年生がいないのでいつもよりだいぶ人数が少ない。

二股女もまだ来てないので、とても平和でゆっくりと食事できました！

おはようございます。
今日の天気も雨です。
起きた時に、おでこに乗ってたスライムにはギョッとしたけど、ソラがスライムをつついて遊び出したので、昨日ペットになったことを思い出しました。

スライムの名前はハクです。

シロと迷ったんだけど、スライムがハクの方に反応したからね！

着替えて食堂へ。雨のせいか普段よりは生徒たちの顔も曇りがち。

朝食のあとは、馬車に乗って草原へ。

３日目なので慣れてきた感のある草原。

スライム改めハクは、ユーグラムの胸ポケットに入り、ヤル気満々で触手を出し入れしている。

そんな姿をユーグラムが無表情で撫でている。

今日もスライムがワラワラ出てくるが、ハクが一撃で倒すので、俺は虫魔物中心に、アールスハインたちは獣系の魔物中心に狩っていく。

ディーグリーは出番が少ないが、スライム素材は中の液体ごと査定に出す方が高額買い取りになるので文句はないらしい。

そういうところは商人の息子って感じだ。

虫魔物も靄の濃い魔物を中心に狩っていくが、昼休憩までに結構な数が集まっている。

来る時の馬車の中での先生の話では、去年よりも魔物の数がかなり多く、重傷ではなくても怪我人は多いようだ。

そもそもこの草原に、こんなにスライムが大量にいることが異常らしい。

無理せず逃げることも戦略のうちだって説得してた。

今のところ、うちの班は無傷で切り抜けているが、森に出るはずのないロックリザードが出たように、この草原にもいるはずのない魔物が出る可能性がないとは言えない。

視界が悪いが、油断せずに行こう！

そう気持ちを引き締めた途端に、視界の端に黒い靄を発見！　今までにないくらい濃い靄の色に、皆に注意を促す。

ガサッガサッと近づく音はゆっくりだが、足音は重い。

草に遮られて魔物の姿はまだ見えない。

このままでは、間近になるまで魔物の姿を確認できないので一旦上空に上がり、周りを確認する。

草に隠れて魔物の姿は見えないが、周りに他の班も見えないので、

「ゆーぐりゃむ、ばりあ！（ユーグラム、バリア！）」

俺の声を聞いたユーグラムは、すぐさま皆を囲むバリアを張ってくれたので、魔物の周り目がけて火魔法を放つ。

魔物を中心に、半径5メートルの草を高温の炎で焼き払って即消火。

焼き払った範囲の1メートルほど外側にいたアールスハインたちは、バリアのお陰で無事に済み、すぐさま魔物を視界に入れられる場所に出る。

俺もアールスハインたちに合流して、魔物と対峙する。

「な、なんでこんな草原にミミックがいるの〜!?」

ディーグリーが叫ぶが、ミミックってダンジョンとかいう洞窟にいるもんじゃないの？　自分で動く足とかなさそうなのに、どうやって歩いてきたんだろう？

よーく見てみると、洋風バスタブについてる猫足みたいな足がついていて、それでズリズリ歩いていた様子。

装飾過多な宝箱型魔物は、俺たちの存在に気付くと、沈黙し、ただの宝箱のふりをした。

「………いや、遅いから！　お前が近づく音とか聞こえてたから！　今さら宝箱のふりしても遅いから！」

「………グケケケケケー」

ディーグリーの突っ込みに、ミミックが今さら威嚇の声を上げる。

アールスハインとユーグラムが、ビミョーな視線を向けていた。

間抜けな様子と異なり、高温の炎でも無傷なところは意外と強い？

「みみきゅてー、どーやってたたきゃうの？（ミミックって、どうやって闘うの？）」

「そうですね、通常ですとダンジョンにしかいない魔物なので、魔法で牽制しつつ剣で攻撃、あの宝箱の中の核を破壊すれば倒せます」

「まず、槍とかの長物で蝶番(ちょうつがい)を壊すのが常道かなー」

俺の質問に丁寧(ていねい)に答えてくれるユーグラム。

ディーグリーも補足してくれて、だいたいの戦闘の流れを知る。

ミミックは先ほどから、挑発するように宝箱の口をパカパカ開け閉めしている。

なんだかそれがこちらを馬鹿にしているように見えるので、正しく挑発なのだろう。

ミミックは通常動かずに獲物を待ち構えて闘う魔物なので、速度はそれほど気にしなくていいのかもしれない。

口の中に見える金銀財宝は、ほぼ幻影なので攻撃も躊躇わず行った方がいい。

黒い靄がとても濃いので、かなり強い魔物なのかもしれないが、なんだか挑発するだけで移動しないし、魔法もまだ打ってこないしで、のんびりと倒し方を話し合ってしまった。

そんな俺たちに焦れたのは、ここまでも意外なほど好戦的だったハク。ユーグラムのポケットから飛び出すと、一直線にミミックに向かい、大口を開けたミミックの中に入ってしまった！

あまりに急で素早い行動に、誰も何も反応できずにいるうちに、ミミックに呑まれて（？）

しまったハク。

「はきゅー!!」

ビックリしすぎてバリアも張らずに、ミミックに突っ込もうとした俺を、アールスハインがキャッチした。

抱き込まれたのを外そうともがく俺に、

「落ち着け！　よく見ろ！」

と荒い声で言われたので、ミミックを見ると、ミミックは口の開閉もせずに、ピクリとも動いていない。

不思議に思っていると、ミミックの体から黒い靄が消えていく。

数秒後、パカッと開いた口から何事もなかったかのように出てくるハク。

ポヨンポヨン跳ねて俺の胸に、スリスリと身を寄せるその様は、褒めてー！　と言わんばかりで一気に気が抜ける。

ダランとアールスハインの腕に凭れると、しっかりと抱っこし直される。それで、八つ当たりのようにハクをモニモニしてやった。

ハクは嬉しそうにプルプルしてた。

そんな俺たちを余所に、ミミックに近づいたディーグリーが、

「ヤッバい！　超レアきた〜！」

と叫んだ。

何事かと見ると、ディーグリーは手に薄汚れた革のポーチを2つ持っていた。

アールスハインとユーグラムも気になったのか近づいていくと、

「ヤバいよこれ！　マジックバッグ！」

と叫んだ。

「ほ、本当ですか？　それは、とても貴重な物が手に入りましたね！　ダンジョンでも滅多に出ない物なのに！」

ユーグラムも歓声を上げる。

2人が大喜びしているが、それほど貴重な物なの？　と、アールスハインを見ると、苦笑して頭を撫でてきた。

「ちょうど2つあるから、1つずつ持てるな」

アールスハインの言葉に、

「えええええ！　いやでも、ミミック倒したのハクちゃんだし、もらうわけには……」

欲しい！　と顔に出ているのに遠慮しているディーグリーが面白い。

「俺たちは既に持っているから、必要ない。2人が使ってくれ」

「ええ、いいのかな～？　ハクちゃんとケータ様もいいの？　売ればかなりの金額になるよ？」

「どーじょー」

俺が譲る意思を伝え、ハクはプルプルしてるだけ。

「ディーグリー、ここはありがたくいただいておきましょう。今後の働きで返せばいいんです！」

「………どんだけ働けば返せるか分かんないけど、ありがたくいただきます！　ケータ様、ハクちゃん、アールスハイン王子、ありがとうございます！」

「ありがとうございます」

２人にお礼を言われた。

俺は草原を燃やしただけだけど。

一応見せてもらうと、今２人が持っている大荷物がすっぽり入って、あと熊魔物が１、２匹入るくらいの容量、畳３畳分くらいかな？　ディーグリーの方はベルトに装着できるウエストポーチ型、ユーグラムは斜め掛けの縦長の箱みたいなポーチ型。

小汚いので今すぐ使うのではなく、一旦持ち帰って洗ってから使うらしい。

容量も小さいし、小汚いけど、２人はとても嬉しそうなので、まぁいいや。

装飾過多のミミックの死骸は、誰もいらないので査定に出すことになった。

せっかく綺麗に焼き払ったので、ここで昼休憩を取り拠点に向かう。

午後は特に変わりなく、サクサク魔物を狩りながら進み、もうすぐ拠点につくという頃、拠点の方向から複数の声が聞こえる。

叫び声、慌てる声、助けを呼ぶ声、闘っているのか雄叫びも聞こえるし、剣を打ち合うような音もする。

警戒しながらも、素早く拠点に向かう。

到着した拠点は、大量に押し寄せた狼魔物の群れに蹂躙されていた。

闘えない者は、元は救護用テントだっただろう場所に集まり、複数人がそれぞれにバリアを張って狼魔物を防いでいる。

その真ん中では救護担当教師が怪我人の治療をしていて、多くの冒険者も狼魔物と闘っていた。

「ユーグラムは離れた場所にいる魔物の殲滅、ディーグリーは牽制しつつ令嬢たちの避難を、ケータは救護所の確保と治療を！」

アールスハインの指示に、返事もそこそこに自分のやるべきことのため散開する。

俺は救護所のテントを中心に、目に見えるよう半透明の巨大なバリアを張り、バリア内に聖魔法を満たす。

そうすれば多少の怪我は勝手に治るし、恐慌状態の精神を落ち着かせることができるらしい。

バラバラに個人で張っていたバリアを、生徒たちが解除していく。

聖魔法で落ち着きを取り戻したのか、バリアの外の状況をよく見て加勢に向かう生徒も出てきた。

闘いに向かない令嬢たちが、教師の指示で怪我人の振り分けを行っていく。

俺は重傷を負った生徒の元へ。

教師2人は初めて見る顔だが、教師同士何か聞いていたのか、俺を止めることなく場所を空けてくれる。

狼魔物にやられただけあって、傷口はズタズタ。とりあえず教師の2人と近くにいた令嬢の何人かに手伝ってもらって服を脱がせ、掌（てのひら）全体から消毒薬を霧吹きみたいに吹き出させ、怪我人の傷に吹きつける。

毒も消えろーと願ったので、解毒も済んでいるはず！　水魔法の使える令嬢たちに傷口を洗っておくように頼んで、俺は傷の治療を進めていく。

深い傷や危険な場所にある傷から治していく。

こういう時は、本当に魔法は便利だと思う。

体の構造とか内臓のだいたいの位置が分かっていれば、治れー！　と念じて治癒魔法をかけるだけで治ってくれるんだから。

初見の教師２人は、俺の治療速度に声もなく驚いているが、構わず次々治していく。

重傷者の治療が終わるのに、それほど時間はかからなかった。

ちょっと休憩したいと言うと、笑顔で了承してくれて、椅子まで用意してくれた。

俺のバリアは基本、どんな種類のバリアでも反撃効果がある。バリアの外から攻撃しても同じ強さで反撃するので、バリアの外の魔物は何もしなくても傷ついていく。

周りを見ると、アールスハインは単身で狼魔物をバッタバッタと倒しており、ディーグリーは複数の令嬢を守りながら、バリアの方に向かってくる。

ユーグラムは少し離れた場所にバリアを張って、向かってくる狼魔物を鉄パイプみたいな武器から魔法を放って倒している。


時間にして約1時間後、狼魔物の殲滅が済んだ。

多くの男子生徒と冒険者が雄叫びを上げ、令嬢たちが安心したのか座り込む。

軽傷者の治療も終わり、狼魔物の死骸を回収したら、査定を始める。

急な襲撃だったので、狼魔物の討伐数などは冒険者や教師の見立てで、活躍に応じて大雑把（おおざっぱ）

に班ごとにポイントに反映されるらしい。
アールスハインたちに合流して、査定の列に並ぶ。
査定を済ませた生徒から、早々に馬車に乗り込み、定員になったらすぐに出発。
そうしてどんどん人数が少なくなって、俺たちの番に。
次々魔物を出していき、最後にミミックを出すと、周り中が驚きの声を上げた。
教師に事情を聞かれて答え、査定が済むと馬車に乗り学園へ。
馬車に乗る全員が疲れて無口になる。
学園に着いて、支度を整え食堂へ。
今日は疲れたので、食事が済んだら早々に寝ました。

2章　聖女退場

おはようございます。

今日の天気は曇りです。

シェルが言うには、季節の変わり目は天気が不安定になるんだって。

着替えて食堂へ。食事を済ませて馬車に乗り、草原へ。

昨日の疲れが多少残る顔のディーグリーとユーグラム。

アールスハインは王族だからか、普段からあまり表情が変わらない。

ユーグラムも無表情だが、目とか雰囲気とかに表れるので機嫌は分かりやすい。

昨日のことがあるので、いつもより警戒しながらも魔物を狩っていく。

昼休憩は昨日の焼け野原で取り、早々に拠点に到着。

拍子抜けしていると、爽やか君たちの班も到着。

「あぁ早いですね」

「しょっちもな！」

「昨日のことがあったもんで、ついな」

「皆考えることは同じだね〜。雨も降ってないから余計足が早くなるし〜」

「ですねー」

ダラッと話しているうちに、全ての班が揃い、何事もないまま学園に帰ってきた。

馬車に乗る前にチラッと見えたキャベンディッシュは、生徒会長に対抗するためか全身白い服を着ていたが、ボロボロのズタズタだった。

何度か転んだりもしたのか、いい感じに汚れて、迷彩柄になってた、尻が！


部屋でゆっくりして、食堂に着くと、いつもの時間なのに人がさらに疎（まば）らで不思議に思っていると、近くの席の生徒の声が聞こえ、今日の街での演習で何か問題があったと分かった。

他の席も同じような話題で、街演習中に大量の魔物が出現し、一部の生徒が恐慌状態に陥って学園に逃げ帰ったため、街の人間に被害が出たとかで、街演習班は足止めされてるらしい。

だから人が少ないのね、と納得してたら爽やか君が近づいてきて、

「聞きましたか？　街演習班の噂」

「今、ね」

「その噂の、一部逃げ帰った生徒っていうのが、いつもキャベンディッシュ王子と生徒会長が取り合っている令嬢らしいですよ」

「ええ！　また？　先週の草原演習の時も、他の令嬢を盾にして逃げ帰ったって言ってなかった？」

「私もそう聞きました。それで、被害にあったのが、お忍びで平民街にいた貴族の令嬢だったそうです」

「大問題じゃん！　え？　でも貴族の令嬢なら学園生じゃ？」

「幼年学園か？」

アールスハインの指摘に、爽やか君が苦い顔で頷く。

「そのようですね。しかも伯爵家の令嬢だったとか。怪我は大したことはないそうですが、ショックを受けて寝込まれているそうで、伯爵が怒りも露に、学園に乗り込んでこられたそうです」

「うわ〜、問題なくってわけにはいかないね〜。それであの女は？」

「自分は悪くないの一点張りで話にならないそうなんで、懲罰房に入れられてるそうです」

そんな話をして、爽やか君は友人に呼ばれて去って行った。

ユーグラムが深刻な声で、

「当然でしょうね。前回のこともありますし、さすがに今回は厳しい処罰が下るでしょう」

「退学とか？　学園長が臨時集会開いて釘刺すくらいだからね〜」

「いえ、そういうことではなく、退学になったあとの話です。彼女には魅了魔法の疑いもありますし」

「……そうなると、教会の施設送り？」

「それを黙ってなさそうな人物が複数名思い浮かぶのですが？」

「あー、面倒くさいことになりそ～！」

本当に面倒なことになりそうで、ウンザリする。

皆が深いため息をついた時、食事が運ばれてきたが、一気に食欲が失せた。もったいないのでなんとか詰め込んだけどね。

部屋に戻るなり、アールスハインが手紙を書き出した。

二股女のことだろう。

キャベンディッシュや生徒会長がどう出るかは分からないが、二股女は前回のこともあるので退学は免れないだろうし、理由を聞けばキャベンディッシュたちも無茶は……言いそうだ。

手紙を書き終わったアールスハインに、

「ハインー、まどーぎゅって、どーやってちゅくりゅの？（ハイン、魔道具って、どうやって作るの？）」

「魔道具？　どうした急に」

「もちょしぇーじょーのまーりょくふーいんでちないかともってー（元聖女の魔力封印できないかと思って）」

「魔力自体を封印、か。あるにはあるが………」

「テイルスミヤ長官にご相談してみてはいかがでしょう？」

「そうだな、だが急にどうした？」

「もちょせーじょーはたいぎゃくなるれしょー、しょのまえにー、ちょーばちゅぼーで、けんしゃちて、みりょーもちらったらふーいんちちゃえば、だんしゃきゅけーにあくよーしゃりぇないかってーおみょったの（元聖女は退学になるでしょ、その前に懲罰房で検査して、魅了持ちだったら封印しちゃえば、男爵家に悪用されないかなって思ったの）」

「バレれば確実に悪用されるでしょうね」

「まーりょくちゅかえなけりぇば、ちんぱいにゃくにゃるよ？（魔力使えなければ、心配なくなるよ？）」

「………魔力を封印する魔道具は、ある。だがそれは犯罪を犯し奴隷に落とされた者につける物なんだ。さすがに彼女につけるには、少々重すぎる罰かと思うが……」

「んー、ふーいんしゅりゅまーりょくは、えりゃべないの？（んー、封印する魔力は選べないの？）」

「………確かに。シェル、テイルスミヤ長官に連絡を取ってくれるか？」

「はい」

シェルは部屋を出ていった。

「彼女が退学を言い渡されるとしたら、数日以内だろう。その間に魔道具の改良が可能ならいいが」

「しょーね」

テイルスミヤ長官を連れてシェルが戻ってきた。

シェルから俺の考えを聞いたのか、テイルスミヤ長官は真剣な顔をしている。

「ケータ様のお考えの魔道具の改良は、可能だと思います」

話が早くて助かる。

「しかし彼女は、罪を犯したわけではないので、身につけさせるにはどうすれば……」

テイルスミヤ長官の言葉に、アールスハインとシェルも悩み出した。

「しょきしぇんぱーにたのみぇば？（書記先輩に頼めば？）」

「書記先輩？」

テイルスミヤ長官が心底不思議そうに聞いてくる。

「ライダー・オコネル殿だ、近衛騎士団長のご子息の。確かに彼なら魅了魔法のことも知っているが、なんと言って奴隷の首輪をはめさせるんだ？」

「ミヤちょーかん、まーどーぎゅは、くびわちかダメれしゅか？（ミヤ長官、魔道具は、首輪しかダメですか？）」

「と、言いますと？」

「うでわーとかうびわーとかにできにゃい？（腕輪とか指輪とかにできない？）」

「指輪はさすがに小さすぎて無理ですが、腕輪や足輪なら可能です」

「かじゃりは？（飾りは？）」

「ああ！　宝飾品としてプレゼントすればいいんですね！」

シェルが俺の意図を理解してくれて、それにテイルスミヤ長官とアールスハインも、ああ！と納得してくれた。

「ああ、そうですよね！　奴隷の首輪としてではなく、宝飾品としてなら、彼女も疑わずに身につけてくれますね！　魅了の魔法のみ封印すればいいのですから、彼女自身の魔力を使って封印を持続させることもできそうですし。分かりました、そのように調整してみます！」

テイルスミヤ長官に、懲罰房にいるうちに魅了魔法の検査もできないか相談したら、早速取りかかります！　と言って、足早に部屋を出ていった。

これで実際に二股女に魅了魔法を使った痕跡が出て、それを封印できる魔道具が完成し、身につけさせることができれば、あとはなんの心配もなくあの厄介な二股女を男爵家に押し付けられる。

上手くいくように、ギャル男神に祈りながら寝た。

夢の中で、ギャル男神が満面の笑顔で親指を立ててたけど気のせいだろう。

おはようございます。

今日の天気は土砂降りです。

こんな天気の日に外に出なきゃいけないことに、気が滅入ります。

着替えを済ませて食堂へ。

ユーグラムとディーグリーは既に席についていて、軽く挨拶（あいさつ）を交わす。

周りから聞こえてくるのは、昨日逃げ帰った生徒の話。

既にほぼ全員が、逃げ帰った生徒が二股女であると知っている様子。

令嬢たちが、日頃の鬱憤（うっぷん）を晴らすように、声高に二股女の悪口を言っている。

食堂に入ってきた生徒会長が令嬢たちを咎（とが）めもせずに、不快そうに眉を寄せただけで出ていった。
二股女の姿がないのは、懲罰房での謹慎（きんしん）を言い渡されたから。
懲罰房は複雑な魔法の鍵で施錠されるので、逃走は不可能なんだとか。
アールスハインが、昨夜の俺の話を皆に話したら、アイデアを褒められて撫でられた。
食事が終わり、席を立った時、

ブーブーブーブーブー

とブザーのような人工的な音が学園中に響いた。
食堂の灯りも赤い色に変化して点滅している。
食堂配膳口の上に、文字が流れてきて、
《緊急連絡、魔物の大量発生を確認。生徒は直ちに装備を整え街門（がいもん）へ向かえ》
と表示された。
隣でアールスハインが珍しく苦い顔で舌打ちをした。

俺たちは、すぐさま街門に向かうため、馬車乗り場に移動した。

広い王都は街門までにかなりの距離があるので、馬車に乗った方が早く着くのだ。

教師の先導で次々馬車に乗り込む。

この世界は、学生だろうと、闘う術のあるものは率先して戦場に立つのが当たり前で、それは貴族なら当たり前のこととして幼い頃から教育される。

平民を盾に高みの見物など、一番軽蔑される行いとされている。

まぁ、この世界の戦場は、人間同士よりも圧倒的に魔物相手が多いので、個々の強さも重要なのだが。

街の外に泊まり込んでいる2・3年生はどうするのかと思ったら、2年生は草原にいる班は急いで戻り、森にいる班は拠点を中心に教師と冒険者の指導の下、安全の確保に努める。

3年生は自己責任。

戻るも留まるも自由、ただし怪我をしても助けには行かない。

学園は、戦い方、生き延び方を教えているので、怪我も死も自己責任って、入学時に保護者共々、全員誓約書を書かされるらしい。

乗り込んだ馬車内は、誰一人話もしないので、ガタガタ揺れる馬車の音だけしかしない。

皆の顔を見ると、怯(おび)える顔、奮起する顔、無表情を保とうとして変顔になる者までいて、皆一様に緊張で強ばった顔をしている。

アールスハインを見ると、普段と同じ顔だが、ちょっと緊張してる？　ユーグラムは安定の無表情。

ディーグリーは緊張はしているが、ちょっと笑っているのが不思議。

街内なので、それほど時間もかからず到着。

俺たちを降ろすと、すぐに学園に帰る馬車。

降ろされた場所は、前方に街門、後方に簡易バリケード、その中間地点には救護拠点がある。

救護拠点には、早くも数人の兵士（？）さんや冒険者が治療を受けていた。

教師の指示に従って、防衛、遠距離攻撃と近距離攻撃とに分けられる。

その間にも、続々と商人と草原に行っていた生徒の馬車が街門から入ってくる。

ひどい怪我をしている人はいない。

今はまだ怪我人が少ないので、俺もユーグラムに抱っこされ遠距離攻撃の班に行く。

ソラは俺と一緒にいるらしいが、ハクはアールスハインのポケットに潜り込んで、触手を出し入れしている。やる気満々ですな！

近距離攻撃班は街門の外へ向かい、遠距離攻撃班は街門の上へ。

幅のある街門の上は、多くの兵士が行き交って、弓や投げ槍、魔法などの準備をしている。

魔物が遠距離魔法を使うことは珍しいが、飛んでくる魔物もいるので油断はできない。

ユーグラムと並んで敵に向かう。

ある程度の距離に無数の旗が立っていて、その向こう側が遠距離攻撃の範囲だそうだ。

だいたい５００メートル先くらい。

土砂降りのため視界が悪い。

遠くまで蠢く黒い靄の塊にしか見えない。

これから始まる闘いで、どれだけの人が怪我を負い、命を落とすのか考えだしたら、震えがきた。

ゆっくりとしたリズムで、ユーグラムが俺の背を叩く。

前世では山で育ち、二股女よりかは命のやり取りの近い場所にいた自覚はあるが、闘いと言える場所に身を置くのは初めて。

今までの魔物討伐とは意味が違う。

多くの命を背負った闘い。

下を見れば、街門のすぐ外側に多くの女性騎士と令嬢たちの姿。彼女たちは特殊な魔道具を使い全員で巨大なバリアを張り、街を守る。

その外側には、アールスハイン、ディーグリー、イングリードも城で会った騎士たちもいる。

皆は特に緊張する様子もなく、イングリードなんか笑ってる。

大丈夫、1人で闘うわけじゃない。

緊張が少し解れた。

ガガーンガガーンガガーン

大きな銅鑼の音が響くと、目視できる近さに迫った魔物の群れ。

そこに向かって、遠距離攻撃班の攻撃が一斉に飛ぶ。

戦いが始まった。

土砂降りの中に落とされた雷魔法の威力は絶大で、俺の攻撃した一角から丸ごと魔物が消え失せる。

構わず俺は魔法を放つ。

凄まじい音と光と震動が、こちらまで響いてくる。

いくらか黒い靄が薄れるが、さらに押し寄せる黒い靄で、又すぐに埋め尽くされる。

足の早い魔物は、街門の外まで到着しており、近距離攻撃班も戦闘が始まっている。

女性騎士、令嬢たちの張ったバリアは悪意あるものを一歩たりともその内側に入れはしない。

魔物のものか人のものかは知らないが、土砂降りの中でも、血臭が漂う。

死んでたまるかこのヤロウ！　死なせてたまるかこのヤロウ！　と、俺は魔法を撃ち続けた。

どれくらいの時間が経ったのか、背を撫でられる感触で我に返る。

「ケータ様、ケータ様！　攻撃を一旦止めてください！　ケータ様！」

ユーグラムが、珍しく顔を歪めて俺に声をかけている。

俺がユーグラムを見ると、ホッとした顔をする。

「大丈夫ですか？　少し休みましょう。ケータ様は、ずっと立て続けに魔法を撃ち続けてましたから、魔力はまだ余裕があるとしても疲れたでしょう？　ちょっと失礼しますね」

そう言ったユーグラムに抱き上げられた。

前に突き出し続けた手が視界に入ると、固まって震えていた。

力を抜いて両手を握り込むと、微かに痛みが走る。

ゆっくりと掌を開いて見てみると、浅い切り傷が無数についていた。

ソラが傷を舐めてくれる。

ユーグラムが向かったのは、救護拠点。

何人かで協力して張ったバリアに入った途端、掌の傷の痛みが引いていく。

バリアの隅に胡座で座ったユーグラムの膝に座らされる。

顔を覗き込むユーグラムは、眉を寄せてとても心配そうな顔をしてる。

夢中になりすぎて我を忘れていたらしい。

心配をかけてしまったユーグラムに、ヘラリと笑ってみせると、ユーグラムも口の端をちょっと上げるだけの笑みを見せた。

「はぁぁぁ、ケータ様、ちょっとやりすぎですよ！　戦場で我を忘れて攻撃するなど命に関わります！　気を付けてくださいね！」

「あーい、ごめしゃーい」

夢中になって我を忘れるのは昔からの悪い癖で、そのことで周りに心配をかけてしまうこともたまにあった。

大人になってからは、だいぶ改善されて周りを見る余裕もできたが、この世界に来て初めての大規模戦闘で、気付かぬうちにテンパっていたらしい。

反省も込めて、ユーグラムの胸に頭をグリグリすると、こんな時でもかわいいは正義精神は発動するのか、ユーグラムがハワハワしてた。

「おうおうケータ様よ！　お前さん凄まじかったな！　俺は驚きすぎて、腰抜かすかと思ったよ！　ワハハハハ！」

そう言って近づいてきたのは、森での演習で俺たちの班の担当だったニスタさん。

背中をバンバン叩かれて、ちょっと咳き込む。

ニスタさんが俺たちに携帯食料を差し出しながら、俺の攻撃がいかにすごかったか、そのせいで呆気に取られた何人が怪我をしたかを、笑いながら語った。ニスタさんはその間抜けをここまで運んできたそうだ。

ユーグラムが上手に温めてくれた携帯食料をかじりながら、ボンヤリと聞いていると、

カンカンカンカンカンカン

とけたたましく鐘が鳴らされる。

何事!?　と見ると、街門を越えた向こうの空に巨大な真っ黒い影。

誰かが叫んだ。

「ドラゴンだ！　ドラゴンが出たぞー！」

バリケードの内側で、影を見た人たちの悲鳴が聞こえる。

街門の外からは、悲鳴なのか雄叫びなのか分からない声が聞こえる。

俺は、食いかけの携帯食料の残りを無理矢理口に入れ、ユーグラムに両手を差し出す。

ユーグラムも無言で頷いて、俺を抱き上げ街門の上へ駆け上がる。

街門の上から見るドラゴンは真っ黒い靄の塊でさらに巨大に見えるが、不思議と負ける気はしなかった。

巨大さに距離感が狂うが、遠距離と近距離の境、旗の立つ辺りに力の限りに巨大で頑丈なバリアを張る。

もちろん敵に視認されないように、透明なバリアを！　多少景色がぶれるが、土砂降りの中ならギリギリまで気付かれないだろう。

ガガガガガガガガーーーン

真っ直ぐ飛んでいたドラゴンは、俺の張ったバリアに真っ正面からぶつかって、そのスピードを倍にして反撃したバリアは大きく罅(ひび)割れたが、ドラゴンを地上に落とした。

すぐさまバリアを解除すれば、畳み掛けるように魔法がドラゴンに降り注ぐ。

俺も土魔法で作った巨大な槍を、上空からドラゴンの羽根目がけて降り下ろした。

バキャッ
ギュオオオオオオ！

羽根が潰れる音のあとに、ドラゴンの咆哮が響く。

体をビリビリ震わすその咆哮に、街門の外の近距離班の多くが、腰を抜かし尻餅をついた。

その間も、遠距離班からの攻撃魔法は降り注ぎ、

ゴオオオオオオオ！　グアアアア

俺以外の人たちの攻撃で、もう片方の羽根も深く傷つけることに成功した。

だが、それで多くの遠距離攻撃班の者が魔力切れを起こしたのか、へたり込む。

「今だ！　遠距離班に全ての手柄を譲る気か？　飛べないドラゴンなど、ただ大きいだけのトカゲに過ぎん！　止めは我らのものだ!!」

ワハハハハと笑いながらドラゴンに向かうのはイングリード。

続けてアールスハインや騎士たちも続く。

雄叫びを上げながら冒険者たちも続き、まだ魔力の残っている遠距離班も、

「奴らが辿り着くまでに仕留めてしまえ！　ワハハハハハ」

と笑いながら魔法を放ち出した。

……なんだろうか、これは。街門の内側では、この世の終わりのように嘆き、叫ぶ人々。

街門上と外には、笑いながら魔法を放つ人や、我先にと笑いながら駆けていく人。

温度差がひどい。

ひどい現実、ひどい状況にもかかわらず、笑いながら駆けていくその姿は、子供のように楽しそうだ。

この世界の人たちは、とても頼もしい！

何度も世界が終わるような疫病があり、災害があり、魔物の氾濫(はんらん)があったが、笑いながら闘いに向かう人がいる。

あぁ、大丈夫だと思った。

この世界は強い。

クソバカダ女神の理不尽なんかには負けない！

ざまぁ見ろ元女神！　この世界はお前になんか負けない！

人間に落とされて、その逞(たくま)しさを思い知れ！　自分がどれだけのものを壊し、その命を蔑(ないがし)ろにしてきたかを！

いつの間にか、俺の顔も笑っていた。

いつの間にか降りやんでいた雨のお陰で、ドラゴンの口に魔力の塊が見えた。

俺は急いで球状の硬い硬いバリアを作り、ドラゴンが口から魔法を放つ寸前に、その口の中目がけてバリアを突っ込んでやった。

俺のバリアは、もれなく反撃バリア。

ドラゴンの口の中で反撃された魔法は、ドラゴンの体内に返る。

ゴゴゴフッ

とドラゴンの口から大量の煙が上がる。

「こらー！　ケータ！　お前、俺の獲物を先に倒す気かーーー！」

遠くから吠(ほ)えるように叫ぶイングリードの声に、また笑ってしまう。

遠距離班の面々も皆笑っている。

やっとのことで辿り着いた近距離班の面々が、それぞれの武器でドラゴンに攻撃を仕掛けていく。

目立つのは、イングリードをはじめ魔法剣を使う人たち。

その威力は、他の兵士や冒険者を圧倒して、次々にドラゴンに深手を負わせていく。

ドラゴンも抵抗するように、頭を振り尻尾で薙(な)ぎ払い、噛みつきなどを繰り出すが、魔法に

よるダメージが大きいのか、動きが鈍く深手を負う者はいなかった。

ドドドオウーー

と地響きを立て倒れ、その体から黒い靄が消えていく。

と歓声が上がり、ドラゴンが倒された。

「「「「ワアアアアアア」」」」

遠距離班からも歓声が上がり、街の人たちにも敵が倒されたことを知らせる。

バリアを張り続けた女性騎士、令嬢たちも汚れるのも構わずその場に座り込み、近くの人たちと手を取り合い歓声を上げている。

街のあちこちからも歓声が上がる。

近距離班は、ドラゴンが倒された途端に、残っていた魔物の群れが退いていくのを深追いはせずに、歓声を上げながら街門に戻ってくる。

俺はユーグラムに抱っこされたまま街門から下りて、救護拠点に向かう。

近距離班の怪我人の治療をするためだ。

バリア内に満ちていた治癒魔法も、だいぶ薄まってきて今にも消えそうだ。

新たに巨大なバリアを張り、中を聖魔法で満たし、重傷者を迎える準備をする。

救護を担当する教師を探し近づくと、

「あぁ、ケータ様来てくれましたね！　私たちの仕事はこれからなので、ケータ様が手伝ってくださると心強いです！」

救護担当の教師とは何度か話したが、外科手術などないこの世界は、人体の構造など知る者は少なくて、俺の浅い知識でも役に立ったらしい。

人体の構造を知っているだけで、魔法のイメージが具体的になるので、治癒魔法が効きやすくなる。

近距離班の面々が街門に到着するなり、大勢の怪我人が一気に押し寄せた。

前線後方まで行っていた騎士団の救護班が、戻るなり杖を掲げて、いつか俺が作ったみたいなトンネル型のバリアを張り、軽傷の者と重傷の者とを分けていく。

俺のいるバリア内は、最も重傷を負った者が運ばれてくる。

脇腹を魔物に食い千切（ちぎ）られた者、魔法なのか頭蓋骨が見えそうになっている者、両足を失っている者、その他にもとにかく一目で重傷と分かる者が次々運ばれてくる。

俺は、運ばれた順に次々治療していくが、周り中が血生臭くてなかなか集中できない。

なので、近くにいて手伝ってくれているユーグラムに頼んで、風魔法で匂いを軽減してもらった。

治療した数は数える暇もなかったが、どれくらいの時間が経ったのか、ユーグラムに止められて顔を上げると、バリアの外は薄暗くなっていた。

バリア自体が薄く発光しているので気付かなかった。

学園生は、学園に戻るように指示が出たらしい。

残りの重傷者も数人を残すところまでになったので、あとは教会から派遣された治癒師で間に合うらしい。

ユーグラムに抱っこされて、学園の馬車のところまで行くと、アールスハインとディーグリーが待っていてくれて、アールスハインのポケットから飛び出したハクが、俺の腕に飛び込んできた。

俺のほっぺたに、ムニムニと体を擦（こす）りつけてくる。

そのまま馬車に乗って学園へ。

長い１日だった。

俺はアールスハインの膝に座ったまま、気絶するように眠ってしまった。

おはようございます。

今日の天気は晴れです。

お腹の大合唱で、いつもより早く目覚めました。

昨日の馬車に乗ったあとの記憶がありません。

なので夕飯を食べた記憶もありません。

シェルが来るにはまだ早いので、マジックバッグを漁（あさ）り、チョコバーとカロリーバーを１本ずつ取り出し、カロリーバーを開封してかじる。

この世界の食事を食べ続けた結果、多少は顎（あご）が鍛えられたのか、前世で食べた記憶よりもだいぶ柔らかく感じる。

モソモソ食べていると、視線が。

ソラとハクが並んでこっちを見ている。

２匹してジーーーと見てくるので、試しにカロリーバーを少し割って、掌に載せて２匹の前に出してみた。

ソラはフンフン匂いを嗅いでからパクリと食べて、ハクは触手でツンツンしてから体に取り込んだ。

さらに見てくる2匹に、さっきより大きめに割ってあげてみる。

2匹共すぐに食いついて、それで満足したのか、2匹で遊び始めた。

普段俺が皆と食事をしていても、全く興味を示さずに俺の浄化した魔物か魔力だけ食べてたのに、なぜカロリーバーに反応したし?

ギャル男神の神力? とやらが入っているのだろうか?

俺は残ったカロリーバーを食べきって、水魔法で出した水を飲む。

なんだか満足してしまったので、チョコバーは次回に回そう。

それでも時間が余ったので、2匹を眺めながらボケーッとする。

昨日は濃い1日だった。

俺が見た範囲では死人は出ていなかったが、あれだけの戦闘で1人の死人も出ていないということはないだろう。

それでも負けなかった、戦闘後には多くの人が笑ってた。

この世界はクソバカダ女神に好き勝手されたけど、そんなことには負けないと思えた。

感情も乱高下して、今は何もする気が起きない。俺がボケーッとしてる間に、シェルが部屋に来た。

モコモコの半袖着ぐるみを着せられて食堂へ。

昨日の大規模討伐戦の余波か、皆もどこかボンヤリとしているように見える。

ユーグラムとディーグリーも来ていて、２人もいつもよりゆるい雰囲気。

注文を済ませ、周りを見るともなしに見ていると、入口に顔を出した生徒会長。

焦ったような顔をして、食堂内を見回している。

目的は二股女だろうか？

生徒会長は、アールスハインを見付けたのか、早足でこっちに向かってきたが、俺が無意識で張っていたバリアに阻まれて近づいてこれない。

バリアをバンバン叩くので、アールスハインたちも気付いてしばらく眺めたあとに、バリア内に入れるように頼まれたので入れてあげたら、

「貴様ら、リナをどこへやった！」

開口一番そう叫ぶ。

これ入れない方がよかったんじゃない？　とアールスハインを見ると、アールスハインは能面のような無表情で生徒会長を見ていた。

「なんなのさ、いきなり〜。リナ？　意味分かんな〜い」

「貴様らがリナを隠したんだろう！」

「知らないし〜。それと今、自分が誰に無礼な口きいてるのか分かってる〜？」

ディーグリーが生徒会長に答えているが、全く意味が分からない。

二股女がいなくなったのが、なぜ俺たちのせいにされるのだろうか？

ディーグリーの言葉に、ハッとなった生徒会長は、

「…………………アールスハイン王子、申し訳ありませんでした。お尋ねしたいのですが、よろしいでしょうか？」

「ハウアー殿のお探しの令嬢の行方に心当たりはないが？」

「本当ですか？　昨日の夜はどちらに？」

「主（あるじ）をお疑いのようですが、何か根拠があってのことでしょうか？　ただの憶測で王子である我が主を糾弾しようとされるなら、こちらもそれなりの対処をさせていただきますが？」

シェルが生徒会長の前に立ち、見下すように言えば、

「い、いや、疑っているなどとんでもない！　ただの質問だろう！」

「主は知らないと申しましたが、それでも昨夜の行動をお尋ねになりましたよね？」

「そ、それは、しょ、少々動揺していて。失礼な態度を取ったことは、申し訳なく思っている」

しどろもどろに言い訳をする生徒会長。

アールスハインが片手を上げると、シェルが軽く頭を下げて席に戻る。

「私たちの誰も、彼女の行方に心当たりはない。他を当たるんだな」

「はい、申し訳ありませんでした」

生徒会長はしおらしく謝って離れていったが、最後にチラッと睨んでいったのを、全員が見ていた。

「なんなんですかね、あれは。あそこまで愚かな男とは知りませんでしたよ」

ユーグラムがため息混じりに呟けば、ディーグリーも同意するように、

「ほんとにね～。いくらなんでも周りが見えなさすぎ！　もともと挑発には乗りやすかったけど、彼女に会うまではあそこまでひどくはなかったのにね～？　キャベンディッシュ王子とも無駄に張り合ってるし！　３年にしては大人げなさすぎ～！」

「ところでその彼女ですが、行方をくらませたとは、どういうことでしょう？」

「…………彼女がいなくなって一番大騒ぎするだろう兄上がいないところを見ると……」

一同無言。

「とりあえず、一旦城に戻って確認が必要だな。ただ退学になって男爵家に戻された可能性もあるのだし」

「お供してもよろしいでしょうか？　私も気になるので」

「はい、俺もご一緒したいです！」

「あぁ、構わない。食事が済んだら城に向かうが、予定は大丈夫か？」

「はい、大丈夫です」

「俺も予定はないで～す」

ちょうど食事も届いたので、ゆっくり食べたあとは、学園の馬車を借りて城へ。

城門では、見慣れない馬車で来たアールスハインに門番さんが驚いていたが、問題なく入れた。

連絡していなかったので、デュランさんのお迎えはなかったけど、騎士さんの案内で部屋に通された。

メイドさんが淹れてくれたお茶を飲んでいると、王様と宰相さんが来た。

「どうした？　連絡もなく急に呼び出すとは、アールスハインにしては珍しいな」

「忙しいところすみません。学園から元聖女がいなくなったと聞いて、男爵家に戻されたのかと、確認に来ました」

「………そのような報告は受けておりませんが？」

宰相さんが、眉間に皺を寄せて言った。

王様も難しい顔をしている。

「学園からは、近日中に退学処分とすると報告は受けているが」

「その報告は私も受けておりますが……元聖女がいなくなったというのはいつのことですか？」

「聞いた話では、昨日の夜から姿を見かけていないとか」

「監視の任務についている者からの報告もありませんね、昨日の大規模討伐戦に乗じて何事かが起こったということか？」

「確か、監視に当たっていた者も半数に減らしたんだったか？」

「はい。前兆のない突然の魔物の大氾濫でしたので、急遽動員されました」

「確認はしておりませんが、兄上の姿も見当たりません。元聖女がいなくなったと知れば、兄上が探さないわけはないので、騒ぎになっていないところを見ると……」

王様と宰相さんが無言になる。

バターン！

ドアが壊れそうな勢いで開いて、入ってきたのは将軍さん。

「おうおう、集まってるな。今日は何事だ？」

「騒々しい男だ。討伐の後処理に行ったんじゃなかったのか？」

「ああ、それはイングリードと代わってきた。だいたいのことは分かったからな」

「やはりあのドラゴンが？」

「そのようだ。ドラゴンが倒されたことで魔物が退いていったことからも予想はついていたがな！　おう、ケータ様よ！　昨日は大活躍だったな！　あの魔法には度肝抜かれたぞ！　思わず笑っちまったよ！　アハハハハ」

大笑いしながら背中をバンバン叩かれて、アールスハインの膝から落ちる。

加減はしてくれたのだろうが、力が強すぎるのと、俺が軽すぎるので軽く飛ばされる。

アールスハインがキャッチしてくれたので無事だったが、

「悪い悪い、加減を間違えた！　昨日の大魔法を見たもんで、もっと頑丈なもんかと思ったぞ！　アハハハハ」

「お前、それは謝っとらんだろう！　まぁいい、それよりも今の話だ。端的に言うと、元聖女がいなくなった。おそらくキャベンディッシュ王子が関わっている」

「は？　見張りがついていたはずだろう？」

「昨日の戦闘で人数が半分になった隙を狙われたのかもしれん」

「そんな柔（やわ）な鍛え方はしておらんが？」

「だが実際、姿を消している」

「……すぐに調査させよう」

「ああ、そうしてくれ。あの2人に大それたことができるとは思わんが、魅了魔法のこともあるし放置するわけにもいかんからな」

「………そのことですが、一昨日の夜にケータと話したんですが、元聖女が学園を退学になることはほぼ確定しています。なんとか在学中に魅了魔法の検査はできないでしょうか？」

「ふむ。確かに、男爵家に返してから口実を作って検査するのも面倒か？」

「それと、テイルスミヤ長官に相談して、魅了魔法のみ封印できる魔道具の改良をお願いしています」

「ほう？　そんな魔道具は聞いたことがないが？」

「奴隷の首輪を改良してできないか試してもらっています」

「むう、だがあんな物を黙って着けさせる者はおらんだろう？」

「外側だけ、宝飾品のように飾りつければいかがでしょう？」

「なるほど！　あの者は城にいた時から派手派手しく飾り立てるのを好んでいたようだしな、それならばいけるかもしれん。だが、どうやって渡す？　あの者に褒章を与える功績などないぞ？」

「あぁ、そこはライダー・オコネル先輩に協力を願います」

「ライダー・オコネル。確か近衛騎士団長の息子だったか？」

「はい、一番最初に魅了魔法の疑いを持ったのもオコネル先輩でした。彼は生徒会長であるエチェット・ハウアーと共に、元聖女とも面識があります」

「協力してくれるか？」

「魅了魔法が確認されれば、協力してくれるでしょう」

締め括るようにアールスハインが言えば、

「とにかく2人を捕まえることが肝心だな！」

そう言って立ち上がった将軍さんが部屋を出ていく。

王様との話も終わったので学園に帰ります。


ゴトゴト揺れる馬車は、学園の馬車なので、いつも乗っていた王宮の馬車よりもだいぶ揺れる。

揺れると言うより最早弾むと言った方が合っている気がするが、気分が悪くなるのを誤魔化すために、窓の外を見ていると、俺の座る位置からは3階部分の辺りしか見えない、のだが、

「！　しゅとーっぷ！　とまりぇー！（！　ストーップ！　止まれー！）」

つい立ち上がって叫んでしまったが、俺の声でも御者さんは止まってくれた。

ただ急停車だったので、吹っ飛ばされた俺は、ディーグリーにキャッチされた。

「どうしたケータ、急に？」

「あしゅこ！　もちょせーじょーにた！（あそこ！　元聖女いた！）」

焦っていつも以上に呂律がおかしくなった。

まぁでも、俺の指差した先に目を向ければ、テラスでいちゃつく二股女とキャベンディッシュの姿が見えるので、意味は分かっただろう。

目撃した皆が無言になる。

それも当然だろう。いちゃつく2人は寝間着のままの姿で、3階だからと油断しているのか、堂々とキスをしている。

ユーグラムが真っ赤になって額を押さえた。

「このまま少し先に止めてくれ」

アールスハインが静かに指示を出すと、御者さんは指示の通りに、何事もなかったかのように馬車を道端に止めた。

俺たちは馬車から降りると、向かいの通りにあったカフェに入り、昼食の注文をした。

3階のテラスでは、相変わらずいちゃつく2人。

シェルが馬車を降りる前に御者さんにメモを渡していたので、すぐにあの2人を捕まえる人が来るだろう。

俺たちはその間の見張りだ。

「それにしても、こんなに近くにいたなんてね～」

「しかもあそこは最高級宿です。隠れる気があるとは思えません」

「きしぇーじじちゅちゅくって、よめにしゅりゅきー？（既成事実作って、嫁にする気？）」

「うおっ、ケータ様はえげつないこと言いますな～」

俺の意見に、ディーグリーがニヤニヤと笑いながら返す。

俺もニヤリとしてやる。

「何そのふてぶてしい顔～！　アハハハハ、悪かわいい～！」

ディーグリーとシェルが爆笑して、ユーグラムは身悶えて、アールスハインが苦笑している。

昼食に頼んだメニューがそれぞれに配られ、俺の前にも置かれる。

このカフェには子供椅子は置いてなかったので、行儀は悪いがテーブルの端に直に座っている。

皆が微笑ましい顔で見るだけで、怒られないのでそのままで。

頼んだのはシチューとパンのセット。アールスハインたちは、ガッツリとした肉メニュー。

シチューに浸してパンを食べる。

浸してもまだ硬いパン。

シチューに入っている肉も硬い。

学園のお子様ランチは、とても幼児向けに配慮された食事だったのね、と学園の料理人さんにあらためて感謝した。

今度会ったらお礼を言おう！

硬いパンと肉は食べられなかったし、大人サイズの食事は3分の1も食べられなかった。

残った食事は、アールスハインとディーグリーが食べた。

王子様なのに残り物を平気で食べた。

ユーグラムが驚いていたが、アールスハインは平然としていた。

シェルは笑ってた。


食後のお茶を飲みながらまったりしていると、見覚えのある姿を発見。

通りの向こう側に、将軍さんが部下の騎士を連れて現れた。

窓越しに手を振ると、気付いて手を振り返してくれた。

そのまま将軍さんは最高級宿に入って行き、しばらくするとキャベンディッシュと二股女を連れて出てきた。

2人は激しく抵抗しているが、複数の騎士を相手に敵うはずもなく、力ずくで馬車に押し込まれて去って行った。

将軍さんと騎士の姿に、周りの人たちがザワザワしているが、説明してくれる人はいないので、しばらくすると収まった。

王子は学園卒業後のお披露目で、初めて公に国民と対面する。絵姿くらいでしか顔を知られていないので、キャベンディッシュと気付く人は少ないだろう。

それでも多くの噂が上がるだろうことが予想されるが。

「このあとはどうします？」

「本音を言えば、あの2人がどうなるのか見てみたいけどね～」

「気になるなら行ってみるか？」

「少々下世話ではありますが、気になるのは確かですね」

「では行くか」

また城に戻ります。

街中を走る乗り合い馬車に、平然と乗り込むアールスハインに、ユーグラムがまたもや驚いていたが構わず乗り込み城へ。

当然城門は越えられないので、城門前で下りて歩きで城内へ。

門番さんがまた驚いていた。

騎士さんの案内で、先ほどまで使っていた部屋へ。

そこには王様と宰相さん、将軍さんがいて、

「お、来たな！　ワハハハハ、やはり気になって戻ってきたか？」

将軍さんに笑われたが、事実なので苦笑を返す。

「今、教会の女性司祭に頼んで、彼女の身体検査をしているところです」

宰相さんが教えてくれたことによれば、捕まえた2人は昨日の大規模討伐戦の最中逃亡し、宿泊を渋る宿主を身分を盾に無理矢理最上級の部屋を取り、ずっと2人きりで過ごしていたらしい。

「王子でありながら戦闘に参加もせずに女としけこむなんざ、どういう了見だ！　王族どころか貴族の令嬢たちも多く参加したってのに!!　ありゃーダメだぞ！」

将軍さんが怒りも露に机を叩く。

「はぁ、そんなことはこの部屋にいる全員が分かっていることだ。物に当たるな！　壊れたら弁償させるからな！」

宰相さんが注意すると、落ち着いたのか座り直す将軍さん。

仲良いよね、この2人。

「キャベンディッシュ王子の性質は、元王妃の影響であって王や王妃のせいではありません。元王妃は、キャベンディッシュ王子を乳母に任せるのも拒否したほど、王子を溺愛するあまり、ひどく偏ったものの考え方をする傲慢な王子として育ててしまったのですから。まぁそれでも、本人の資質次第でいくらでも改善する機会はあったのですがね」

「あれはなー、碌に基礎練習もしないくせに、やたらと自信があるって、一番始末の悪い奴だからなー」

息子の不甲斐なさに、王様が落ち込んでいる。

「お話し中、失礼します。アブ男爵令嬢の検診が済みました」

デュランさんが部屋に入ってきた。

「結果は？　白か黒か？」

「黒でした。右内腿に魅了魔法の印が現れておりました」

はぁぁぁぁぁぁぁ。

王様と宰相さん、将軍さんのため息が重なる。

「そのことに加えて、もう一つ、アブ男爵令嬢には妊娠の兆候が見られます」

「…………それは、今回の逃亡以前に、２人には肉体関係があったということか？」

王様のひっっっっっくい声に、

「今回検診の協力をお願いした女性司祭はもともと産婆をされていた方なので、気付かれたのだと思います。魔力の乱れ具合から見て、妊娠１カ月ほどかと思われるとのことでした」

「この世界に来てすぐじゃねーか！」

将軍さんの呆れた声も高くなる。

王様なんか顔を両手で覆ってしまった。

俺たちに口出せる問題ではないが、ちょっとひどいね。

「これはテイルスミヤ長官からの提案なのですが、妊娠が原因かは分かりませんが、聖女様の魔力に変質が感じられるため、魔力測定をもう一度試したいとのことでした」

「許可する。測定を行う時は私たちも立ち会おう」

「それでしたら既に用意は整えてあります」

「あぁ、それなら移動しよう」

王様の言葉に皆が立ち上がる。

俺たちも同席してもいいらしいが、マジックミラー的な物で仕切られた隣の部屋で見るように、とのことだった。

魔力測定玉のある隣の小部屋に入ると、薄暗い中に、いくつかの椅子が置いてある。

そこに座って待っていると、間もなく隣の部屋に王様たちが入っていく。

少し遅れてキャベンディッシュと二股女が別々の騎士に連れられてきた。

2人は会うなり抱き合おうとしたが、それぞれについていた騎士に止められていた。

「父上、なぜこのようなひどい仕打ちをするのです！　私たちがどんな罪を犯したと言うのですか？　なぜ私たちを引き離そうとなさるのです！」

「そうよ！　私たちは愛し合っているのよ！　引き離すなんてひどい！」

いきなり喚（わめ）きだした2人に、周りはウンザリしている。

王様は軽く手を振るだけの指示を出すと、了解した騎士が二股女を、魔力測定玉の前に連れていく。

いつの間に来たのか、テイルスミヤ長官が、

「板に手をついてください」

「なんでまたこれなのよ？」

「あなたはこの世界に来て、ひと月ほど立ちます。その間あなたのしたことは能力を伸ばすことではなく、多くの異性に声をかけ媚（こび）を売ることだけでした。学園の生徒としての最低限の行動もできず、近いうちに退学になることが決定しています。今後のあなたの処遇を決めるために、測定を行うのです」

「何よそれ！　私は聖女なんでしょ！　私がいないと世界が滅びるわよ！」

「何を言っているのですか、あなたは聖女の資格を失ったではないですか。それにもし万が一あなたに聖女の特別な力があったとして、あなたに何ができると言うのですか？　魔物を見れば他の令嬢を盾に逃げ出す。自分より幼い子供が目の前で魔物に襲われそうになっても、平気

な顔でその横を通り抜ける。そんなあなたが世界を救う？　笑わせないでください。私たちの世界は私たちが救う！　あなたの力などいらない！　分かったならさっさと板に手をつきなさい！」

いつにない厳しい態度のテイルスミヤ長官に言い返すこともできずに、騎士に促され渋々板に手をついた。

巨大な測定玉には、以前の測定とは全く違う点があった。

魔力量を表す色は赤のまま、しかし模様が渦を巻く黒に蛍光ピンクが混ざる、なんとも形容し難い模様。そして聖女の証であるはずの白い帯が当然ない。

「「「「「…………」」」」」

一同がシンと静まる中、

「なんだ、変化あったじゃない！　これで分かったでしょ！　私だって頑張ってたのよ！」

胸を張って言い切った二股女だが、

「そんな、リナが聖女の資格を失っているなんて。これは何かの間違いだ！　あり得ない！陰謀だ！」

「ちょ、ちょっと、どうしたのディッシュ？」

「…………この結果は、以前に検査した時も申し上げましたが、あなたの聖女の資格は失われていることを表しています。それと、この黒にピンクの混ざる渦は、先ほど検診をした際に判明した事実と合わせて考えると、今後あなたは魅了以外の魔法を使うことはできない、ということでしょうね」

「そ、そんな馬鹿な！　私が魅了の魔法にやられているということか？　そんな！　このリナへの思いも魔法だと言うのか？」

キャベンディッシュがブツブツし出した。

二股女は、何を言われたのかいまいち分かっていないのか、とにかくキャベンディッシュに近づこうともがいている。

キャベンディッシュが、二股女を怖れるように下がると、二股女が金切り声を出して、

「ひどいひどいひどい！　なんなのよ、これは！　私が何したって言うのよ！　私は女神に選ばれたのよ！　ひどいひどいひどい！」

髪を振り乱し唾を飛ばして叫ぶその姿に、魅了魔法にかかっているはずのキャベンディッシュでさえ後退り（あとずさり）している。

泣き叫ぶ二股聖女とキャベンディッシュが部屋から連れ出されるのを見送って、元いた部屋に戻る。

会議室に戻って、メイドさんが淹れてくれたお茶を飲んでいると、王様、宰相さん、将軍さん、テイルスミヤ長官が入ってきた。

皆一様に疲れた顔をしている。

メイドさんがお茶を配り終わり、部屋から出ていく。

「妊娠とは……まだ彼女がこの世界に来てひと月ほどだろうに」

「妊娠による魔力の変化から見て、妊娠1カ月ほどかと」

「とんだアバズレだったってことだな！　んで、そのアバズレにコロッとやられたのが王子ってのも笑えねー」

娘を持つ父親としてなのか、複雑で、でも嫌悪の滲(にじ)んだ声で言う宰相さんに、身も蓋もない率直で下品な物言いの将軍さん。

「テイルスミヤ長官、彼女は今後、魅了魔法しか使えぬというのは本当か？」

「はい、おそらく。あれほど統一された模様を描く魔力は、重罪犯でも見たことがありません。それでも死に物狂いの努力の末に、他の属性を発現できる可能性はありますが、彼女の性格から言って、それは無理かと」

「そうか。テイルスミヤ長官、アールスハインが頼んだという魔道具は、完成しそうか？」

「はい、魅了魔法を封印する魔道具自体は完成しております。ですが宝飾品の方はまだです」

「別に宝飾品はいらねーだろ、なんでわざわざ金かけてキレイなもんをやらなきゃならん？　一目見て奴隷の首輪に見えなけりゃ、もうそれでいいだろ？　どうせ男爵家には戻さず施設送りになるんだから！」

「そうだな、いくらアブ男爵が異議申し立てしたとしても、魅了魔法を使った事実がある。利用しようとしても無理だな」

「万が一無理矢理なら外せるとしても、ケータ様くらい魔力がなくては無理ですね」

「はじゅしゃなーし（外さないし）」

俺の声で場が和んだ。

「そうだな、それならば、すぐにでも彼女の魔力を封印し、最初の予定通り教会送りとしよう。男爵家の者が何か言ってきたら、魅了魔法の存在も発表して構わん。キャベンディッシュはしばらく魅了魔法の影響を調べ、自我を失うようなら離宮に送る」

王様が締め括った。

書記先輩に協力してもらう前に終わった。

話も終わったので、また今度は王宮の馬車で学園に帰る。

学園に到着して寮に向かって歩いていると、生徒会長が待ち構えていて、

「アールスハイン王子にお願いがあります。どうか私に王宮に入る許可をいただけませんか」

「理由は？」

「今日の昼頃、リナとキャベンディッシュ王子が騎士に連れられていったのを、ある生徒が目撃したと噂で聞きまして、リナの無事を確かめたいのです！」

「ん〜？　それならご自分のお父上に頼まれる方が早いのでは〜？」

「そ、それは……」

「あぁ、あれかな〜？　昨日の大規模討伐戦闘に参加してないことが、お父上にバレた、とか〜？」

「な、それは！　急な事態でリナが心配になり、無事なことを確かめてから向かうつもりだったただけで！」

「ですが結局向かわなかった、と？　あなた、仮にも生徒会長でしょう。そんなことが許されるわけがないことくらい分かったでしょうに」

ユーグラムが呆れた視線と声で言えば、一瞬イラッとした視線をこっちに向けたが、

「それに俺、1個腑に落ちない点があったんだよね〜」

「なんです、それは？」

「彼女が入ってたのは懲罰房。その鍵を開けられる人って、限られてると思わな〜い？　キャ

ベンディッシュ王子がいくら王族だからって、学園内の懲罰房の鍵を開けられるわけないし～」

言いながらディーグリーの視線がどんどん冷たくなっていく。

「…………生徒会室にならありますね、懲罰房の鍵」

ユーグラムの目も氷のよう。

「わ、私は鍵のことなど知らない！」

疑いの目で見られても、知らぬ存ぜぬ。リナに会わせろとしつこい生徒会長。

だが、アールスハインが、

「残念だがそれはできない」

「なぜです！　お願いいたします！　一目会いたいだけなのです！」

「彼女は魅了魔法を使った罪で教会の預かりになり、施設送りが決定されている」

「な！　み、魅了魔法などと！　何かの間違いです！　リナに限ってそんなはずは！」

「事実だ。体に印が出ていたのを、神官が確認している。さらに言えば、彼女は妊娠ひと月だそうだ」

「に、にんしん、わた、私が父親ということですか？」

ブルブル震えながら聞いてくる生徒会長。

この男も二股女と肉体関係があったらしい。

「心当たりがあるらしいが、どうだろうな。妊娠ひと月となると、誤差として可能性がないわけではないか？」

「ひ、ひと月…………私ではないと、思います。彼女の誘いに乗ったのはせんしゅ……いえ！なんでもありません！　先ほどお願いしたことは取り消します。申し訳ありませんでした！失礼します！」

焦ったように足早に去って行く生徒会長。

「ほぼ喋(しゃべ)ってたねー。父親はキャベンディッシュ王子で確定らしいけど、生徒会長も関係持ってたって～」

「呆れて何か言う気も起きませんね」

同じ生徒会役員として、何か思うところがあったのか、ユーグラムがため息をついていた。

寮について一旦解散して、部屋へ。

部屋でまったりしていると、タブレット型魔道具から至急学園長室に来るように、と連絡が入った。

学園長室に向かう途中、ユーグラムとディーグリー、書記先輩と生徒会長に会った。

学園長室。

ノックして入ると、エルフな校長がいて、既にお茶の用意が済んでいた。

促されるまま座ると、

「先ほど王宮から連絡がありまして、本校の学生であるリナ・アブが魅了の魔法持ちであることが判明し、急遽教会に送られることが決定いたしました」

学園長の話を聞きながら、生徒会長の顔色がどんどん青くなっていく。

「彼女はかねてからの問題行動のため、処分が決まるまでの間、懲罰房にて謹慎中でしたが、昨日の大規模討伐戦のさなかに、何者かに逃走の手助けをされ、キャベンディッシュ王子と共に街中の高級宿に潜伏していたところを、騎士団によって確保されました」

何者かの手助けって言いながら、生徒会長を射殺しそうな目で見てますね。

生徒会長、顔色が白いですよ。

「確保された時の様子が尋常ではなかったため、彼女を検診したところ、妊娠が発覚。さらに詳しく調べた結果、魅了魔法を使用した印が出ていたそうです。今後、彼女の魅了魔法にかかった者に、なんらかの兆候が現れる心配があります。生徒会諸君には、生徒たちの動向をそれとなく観察し、異常行動を発見した場合は、速やかに教師に連絡していただくようお願いしますね」

白い顔でガタガタ震える生徒会長。

学園長はワントーン明るい声で、

「ところで生徒会長エチェット・ハウアー君、君はキャベンディッシュ王子とリナ・アブを巡ってよく争い事を起こしていましたね」

目も合わせられず、俯いてガタガタ震える生徒会長に、ニッコリと見惚れるような笑顔で、

「何か言い訳は？」

と、それはそれはやさしい声で聞いた。

こっっっわっ!!

生徒会長と共に震えそうです！

そんなこっっっわい笑顔を向けられた生徒会長は、

「ごめんなさいごめんなさいごめんなさいごめんなさいごめんなさいごめんなさい…………」

頭を抱え、震えながら呪文のように謝り出した。

こっちはこっちで怖いです！

その後、教師数人に連れられて、生徒会長は懲罰房へ連行され、俺たちも学園長室をあとにした。

なんとなく食堂へ全員で向かい、全員で温かいお茶を飲んだ。

「あ～、学園長ってあんなに怖い人だったんだね～。俺、あの笑顔直視しちゃって、息できなかったよ～」

体が温まったからか、ディーグリーが言ったことに全員が頷いている。

「ああ、だが、魅了魔法のことが片付いてホッとした」

書記先輩が、力が抜けたように肩を落とした。

皆も心なしか、いつもより背中が丸い。

「いや～でも、妊娠とはね～。会長もやることやっちゃってたらしいし、他にも被害者いそーじゃない？」

「そうですね、あと心当たりはキャベンディッシュ王子の取り巻き辺りですかね」

「取り巻きって！　せめて側近とか言おうよ！」

「間違いを正せない側近がいてたまりますか！」

「ま～そうだけどさ～…………会長って～、これからど～なんのかね～」

「そうですね。魅了されてたとは言え、大規模討伐戦不参加と、私的な学園施設の不正利用ですからね。生徒会長は降ろされるでしょうが、あとは親御さんを呼んでの話し合いが持たれるでしょうね」

「会長の親って、確か魔法庁の副長官だったっけ？」

「ええ、テイルスミヤ先生の部下ですね」

「うぇぇ！　ふきゅちょーきゃんじゃんでいしゅー？（うぇぇ！　副長官ジャンディス？）」

「いや、もう１人の副長官の方だ。魔法庁には副長官が２人いるからな」

アールスハインの言葉に安心する俺。

よかった、怪しい男ジャンディスに妻子がいたら何かものすごくショックだ。

「へ〜ケータ様ってば、魔法庁副長官も知り合いなんだ？」

「ちってはいりゅ（知ってはいる）」

「なんか含みのある答え方ね？」

「あやちーおときょじゃんでぃしゅ！（怪しい男ジャンディス！）」

俺の言ってる意味が通じなくて、皆してアールスハインを見る。

「あー、仕事は人一倍できるんだが、見た目と言動が怪しい、というか、ふざけてる？」

「ええ！　それ、どんな男？」

「にゃんか、うごちもむちっぽい（なんか、動きも虫っぽい）」

「手足がひょろ長いからな」

アールスハインのフォローが全然フォローになってない。

いつの間にか背後の席に座ってたシェルが、声を出さずに爆笑してる。

怪しい男ジャンディスのお陰（？）で沈んだ空気も戻ったので、そのまま皆で夕飯食って寝た。

3章　あれから

女神が神の座を降ろされ、魔王の脅威もほぼなくなってから、平和な日々が続いた。

王宮では辺境への視察を増やし、魔物の強化状態を確認。

練度の上がった魔法剣で十分対処可能なことが分かり、さらなる戦力の向上のために魔法剣の訓練に、より励んだ。

騎士団の精鋭による兵士の訓練も始まり、同時に学園の騎士科の学生にも、実力次第で、兵士との魔法剣の訓練を許された。


キャベンディッシュは、ひと月ほど部屋に籠り、一時は正気を疑われたが、なんとか日常生活ができるまでに回復し、学園に戻ってきた。

生徒会長も、会長の役職を降ろされ、２週間ほどの謹慎のあと、多少雰囲気が陰気になったものの、日常生活を問題なく送っている。

二股女は、女神の証を失ってから、魅了魔法を使った罪で教会の預かりとなり、施設と呼ばれる隔離病棟みたいなところで監禁されている。

魅了魔法は封印されたので、男爵家に帰す案も出たけど、その男爵家に断られてしまったらしい。

お腹の子供は順調に育っているが、キャベンディッシュが父になることを拒否したので、生まれたあとは教会の孤児院で育てられるか、それまでに二股女が正常な精神状態と判断されたうえで、一般社会で生活できるだけの常識を身につけられたら、教会の監視の下子供と一緒に平民として生活することも許されるらしい。

今のところはかなり難しいらしいけど。


元女神の行方は分からないまま。

何人かの魔力0の子供が教会に保護されたが、その中に元女神はおらず、引き続き捜索を続けるらしい。

その間俺たちは演習をこなし、魔法剣の訓練に励み、肉の柔らかい調理法を広め、柔らかいパンを広め、ハンバーグを作り、もともとあったソーセージやベーコンを改良し、生クリームを見付けケーキを作り、薬として甘さの全くない状態のチョコレートを発見し、お菓子としての可能性を示し、爆発的なヒットを起こしたり、アイスを作り、といろいろやったけど、ずっとシェルが付きっきりで、隣で作り方をメモしていたのを、片っ端から城の料理人さんに流していたので、それほど問題にはならなかった。

王宮発信の数々の料理は、他国から続々と客を呼び、大変なことになっているらしいが、輸出品としての価値がものすごくて、宰相さんが会う度に抱っこして撫で繰り回してくる。

バリア魔法で作っていた調理道具も、料理長が王室御用達の職人さんを紹介してくれたので、思い付く限り片っ端から作ってもらって、その度にシェルと料理長に質問攻めにされたり。


そんなこんなで、この世界に来て3カ月が経った。

今日は演習の結果発表と同時に、その成長具合を多くの人に見せるための、剣術大会の日である。

当然俺は出場できないので、見学に回るわけなんだが、なぜ王様の膝の上か？

王妃様たちと姫様たちは予定が合わずに来られなくてとても残念そうだったが、イングリードは無理矢理予定を空けたようで、侍従の彼が胃を押さえていた。

双子王子には刺激が強いので、もう少し大きくなってからだって。

参加不参加は任意なんだけど、ほぼ全ての生徒が参加する。

不参加は何人かの令嬢だけで、皆のやる気が半端なくて驚いた。

予選は既に済んでいて、今日は本選。

それでも100人以上の生徒が、まずは5組20人ずつに分けられ、その20人が一同に闘い、残った2人だけが決勝に進む。

協力するのもよし、個人技で勝ち残るのもよし。ただ、明らかに身分を笠に着た行為は、貴族的に軽蔑されるので、本選では見られない。

予選では結構あるらしいけどね！

第1組に知ってる顔はなかった。

20人の生徒が円形の舞台に上がる。

円形に外側を向いて一礼すると、

ガガーンガーンガーン

と銅鑼のような音がして試合が始まる。

一番目立つのは、通常よりも長い槍を持った生徒。刃を潰した模造剣や槍とはいえ、まともに当たれば普通に骨折もするのに、皆さん容赦なく闘ってますね！

中央に立ちブンブン音がするほどの勢いで、槍を振り回している。

誰も近づけない。

周りを囲む生徒は、槍の生徒を無視して、舞台端で闘い始め、次々舞台から落とされる。

戦闘不能になるか、舞台から落ちるかが敗北の条件なので、落ちたら終わり。

半数ほどになった時、体勢を低くした1人が槍を持つ生徒の背後から間合いに入り蹴りを1発、槍の回転が止まると同時にそのまま背後から切りつけて、戦闘不能にした。

戦闘終了と同時に倒れた生徒から人が離れ、救護教師が速やかに倒れた生徒を舞台から離脱させる。

そうしてさらに半数、残り5人になった。

互いに間合いを空けて睨み合うも、なかなか攻撃に出ない。

しばらくその様子が続くと、観客席からヤジが飛ぶ。

その声に押されるように2人の生徒が動きだし、1人は短剣、1人は槍で近くの生徒に切りかかる。

短剣の生徒は間合いが狭いので、相手の長剣に近づく前に切られて倒れ、槍の生徒は反対側、死角からの攻撃を受け敗北した。

2人が運び出され、残り3人。

うち2人は知り合いなのか、共闘の体勢を取り、残る1人に2人ががりで挑んだ。

3人共に長剣を使い激しい剣戟（けんげき）の音が響く。隣に座るイングリードと将軍さんが、興奮して立ち上がり檄を飛ばす。

勝ったのは1人で闘っていた生徒。

この組は勝者1人となった。


10分休憩のあと、次の組にはアールスハインと、キャベンディッシュが出場していた。

キャベンディッシュが本選に出場できたことに驚くが、それはよくあることらしい。

王族への忖度ってやつね、と納得。

一応本選に出場できれば、面目は立つらしい。

鐘が鳴り、試合が始まる。

開始と同時にアールスハインとキャベンディッシュの周りから人が離れ、2人だけがそれぞれに孤立する。

周りが潰し合う中、仁王立ちの2人。

続々と脱落者が出る中、キャベンディッシュが動き出し、アールスハインに切りかかった。

アールスハインは軽く払い、キャベンディッシュが何かを喚いているが、ここまでは聞こえない。

何回か打ち合うだけで、キャベンディッシュの剣は飛ばされ、戦闘不能。のはずなのに近くにいた生徒の剣を奪い、さらにアールスハインに切りかかった。

ルール上は違反ではないが貴族的にはアウトな行為に、王様が頭を抱えて、将軍さんとイングリードがキャベンディッシュを怒鳴っているが聞こえる距離ではない。

アールスハインは始終受け流すだけで何かを言う様子でもなく、キャベンディッシュが一方的に喚き、突っ込むだけでまるで相手になっていない。

周りの生徒も、2人の王子対決は気になるのか、チラチラ見ながらも戦闘は続き、残り3分の1になったところで、アールスハインがキャベンディッシュの剣を、再び撥ね飛ばしその腹に蹴りを入れると、キャベンディッシュはヨロヨロと後退し場外に落ちた。

王子対決に決着がつくと、アールスハインはキャベンディッシュに受けたストレスを発散するかのように、猛然と周りの生徒を蹴散らし始めた。

魔法剣はなくとも、剣1本で騎士団入団確実と言われる実力のアールスハインに敵う者はなく、無双状態で戦闘は終了した。

舞台に立っているのはアールスハイン1人。と思ったら全然目立たなかったがもう1人いた。

会場から大きな喚声が上がる。

王族席へ軽く頭を下げ、アールスハインともう1人の生徒は握手してからさっさと舞台を降りた。

その後、休憩を挟んで次の組。

3組目の舞台に上がった生徒の中で一際目を引いたのは、動きやすく加工はされているだろうが、ドレス姿のイライザ嬢。

前2組に出場した令嬢は、男子生徒と見分けのつかないような服装と装備をしていたのに、イライザ嬢は、堂々としたドレス姿で舞台に上がった。

手には鞭を持ち、紫髪をドリルに巻いて仁王立ちする姿は、

「おおお、じょーおーしゃまらー！（おおお、女王様だー！）」

と思わず拍手してしまうほど。

宰相さんが苦笑して、王様と将軍さんが爆笑している。

なぜかイングリードが目をキラキラさせて見ているが、それはまぁ置いといて。

開始の鐘と同時に、舞台端に陣取ったイライザ嬢は、ゆるく鞭を構え、自分の周囲にバリアを張った。

なかなか優秀なバリアで、敵の攻撃は防ぐのに、自分の攻撃はさまたげない優れもの。

ドレス姿の令嬢が弱いと判断したのか、数人の男子生徒がイライザ嬢に向かうが、呆気なく場外に出される。

俺なら本選に残った、ドレス姿の令嬢なんて怖くて近づけないけどな！

近づく男子生徒を次々場外に弾き出すイライザ嬢に、イングリードの目は輝きを増す。

俺がイングリードとイライザ嬢を交互に見ているのに気付いた王様と将軍さん、宰相さんが揃って、ほう？　と呟いた。

イライザ嬢が筋肉嫌いじゃないことを祈ろう。

そして舞台に残ったのは、あんなに目立つのに最後まで存在に気付かなかった、書記先輩とイライザ嬢。

書記先輩の名前は……忘れた。

2人は握手を交わし、王族席へ軽く頭を下げて並んで舞台を降りた。

イングリードの目がギラギラしてた。


休憩のあと、第4組。

この組にはユーグラム、助、元生徒会長が出場。

剣術苦手なのに出場したユーグラムが、手に持つ武器は鉄パイプ。

剣術大会なので、飛ばす系の魔法は禁止なのに、どうやって闘うのだろうかと注目する。

開始の鐘でそれぞれが動きだし、ユーグラムは強力なバリアを張った。

先ほどのイライザ嬢と同じようなバリアだが、常に俺と一緒に行動していたユーグラムは、弱くはあるが反撃バリアを完成させていて、バリアの自動反撃は、攻撃にカウントされないので、ルール違反にはならなかった。

それでも攻撃が弾かれれば、相手はバランスを崩し、そこを鉄パイプで突かれれば場外に落ちる。

絶妙な位置を歩くユーグラム。

助は剣で普通に闘って、相手を場外に落としていき、派手さはないけど堅実で危なげがなく安定していた。

勝ったのはユーグラムと助。

元生徒会長はいつの間にか消えてた。


最終組は、ディーグリーが出場。

ちょっと離れた席でディーグリーに声援を送るのは、ディーグリーの家族一同だろうか、皆雰囲気と髪色が似てる。

気付いたディーグリーが恥ずかしそうに、でも嬉しそうに手を振ってた。

開始の鐘が鳴り、それぞれが動きだす。

この3カ月ディーグリーが鍛え上げたのは、主にスピードとコントロール。

両手剣は長剣よりも間合いが狭いので、スピードを活かして懐(ふところ)に潜り込む方法と、牽制に袖に仕込んだ暗器での急所攻撃を自在に使えるように訓練した。

さすがにこの大会で急所は狙わないが。

ちなみに、ディーグリーが使っている暗器は、苦無(くない)である。

俺が土魔法の練習中にいろいろ試して、土の中から鉄や銅などを抽出して、遊び心で作ったのが、手裏剣と苦無。

忍者の持ってる武器を作ったら面白そう！　と作ってみたら、ディーグリーが食いついた。

尻の丸い輪に丈夫な糸を通し、回収もできるようにしてあり、子供の頃に忍者村に遠足に行って見た苦無より小振りに作ったそれは、この世界でディーグリーによって立派な武器になった。

王宮の訓練所で披露した時は、普段は陰から王族を守る人たちが、ディーグリーにその武器はなんだ！って迫ってきて大変な騒ぎになった。

そんなことを思い出していると、ディーグリーが勝ち残っていた。

もう1人は知らない生徒。

2人は握手を交わし、挨拶をして舞台を降りた。

ディーグリーの家族は、踊ってた。


剣術大会も残り９人。

半端な数でどうすんの？　と思ったが、３人ずつの３組で闘うらしい。

お昼休憩は、貴賓席の人たちは休憩室が用意されているので、そちらへ移動して食事をとる。

当然のように王様が俺を抱っこしているが、これはいいのだろうか？

休憩室には、ご褒美として本選で勝ち残った生徒が呼ばれているが、ほぼ見知ったメンバーなので、特に緊張はしていない？　と思ったら、書記先輩と名前も知らない他３人がガッチガチに緊張していた。

俺を抱っこする王様の姿に、口をパッカーンと開けて驚いているが、王様が声をかけると畏まって挨拶をした。

噛み噛みだったけど。

それぞれが席につき、俺も用意されていた子供椅子に座らせてもらい、デュランさんを筆頭にお城から来たメイドさんが料理を運んでくれる。

王様が上座に座ると、あとは皆適当な席に座る。

宰相さんの隣にイライザ嬢が座り、その隣にイングリードが座る。

俺は王様の隣に椅子がセットされてたのでそこに座り、隣にアールスハイン、その隣にユーグラム、ディーグリー、助と並ぶ。

身分関係なく座る俺たちに、最初は戸惑っていた面々も、おずおずと残った席に座り、食事を始めた。

イングリードが頻りにイライザ嬢に話しかけるのを、俺や王様、将軍さんがニヤニヤ見ていると、アールスハインたちも気付いて、やはりニヤニヤと見ていた。

イライザ嬢が気付いて、居心地悪そうにしたがまんざらでもない様子。

脈あり？　と宰相さんを見ると、面白くなさそうな、でもちょっと期待するような顔をしていた。

この世界の結婚年齢は前世よりもだいぶ早いので、学園卒業と同時に結婚する令嬢は多い。

20歳過ぎたら行き遅れ扱いされる世界で、学園で婚約者を探すのは常識らしい。

こっそり聞いてみると、イングリードには以前他国のお姫様な婚約者がいたが、性格が全く合わず、さらにその他国のお姫様は、城に出入りを許された絵描きと密かに付き合っていて、妊娠までしていたらしく、それを黙ってこの国に嫁いでこようとしていたことが発覚。

コケにされたこの国と戦争になりかけたところで、慌てて相手国が謝罪してきて、多額の慰謝料をぶん取って、しかも相手の国は不誠実で他人の子供を王族に送り込もうと企んだ、そう噂されるようになって、周辺国からの信用が地に落ちたらしい。

もともと気の合わなかった相手なので、イングリードは全く気にしていなかったが、成人した今も婚約者はいないらしい。

始終ニヤニヤして食事時間は終わり、午後の舞台が整った。


どんな仕掛けなのか、舞台は一回り小さくなっていて、抽選の結果選ばれた3人が姿を現すと、大きな喚声が上がる。

舞台に立った3人は、ユーグラム、ディーグリー、書記先輩の3人。

開始の鐘と同時に、書記先輩が動き出しユーグラムに攻撃を仕掛けた。

しかしユーグラムの張ったバリアに阻まれ、しかも軽く反撃を受けてバランスを崩す。

その隙をディーグリーが攻撃したが、すんでのところで躱(かわ)し、さらにディーグリーに攻撃する。

さすがに3年生最強と言われるだけあって、簡単にはいかないようだ。

その後もユーグラムとディーグリーの2人がかりで攻撃するが、魔法の使えないユーグラムでは相手にならず、バリアごと場外に押し出され、ディーグリーは間合いに入れず、暗器での攻撃もいまいち威力が足らずに最後は切られて終わった。

運ばれていくディーグリーに、家族から悲鳴が上がったが、軽く手を上げて声に答えていたので、深い傷ではなかったらしい。

書記先輩が王族席へ挨拶をして退場していき、休憩を挟んで次の組。


出てきたのは、知らない先輩2人とイライザ嬢。

昼休憩の時に聞いたら、いつもは3年生ばかりが本選決勝に進むらしく、こんなに1年生が多い年は初めてで、3年生が荒れているらしい。

生き残った4人の3年生は、プレッシャーがすごいらしい。

開始の鐘に押されるように、3年生2人が共闘してイライザ嬢に迫る。

先ほどの試合を見ていて、バリアは破れなくても、バリアごと場外に押し出すのは可能なことに気付いて、実行するつもりらしい。

イライザ嬢がそれを黙って見ているはずもなく、強烈な鞭打ちの音が場内に響く。

3年生2人はバリアで防ぎながら、2人かがりでバリアを押している。

じりじりと押され、バリアの端が舞台からはみ出す。

勢いづいた2人がさらに押して、ついにイライザ嬢は場外に押し出されて敗北。

イライザ嬢には場内から拍手が贈られ、2人の一騎打ちが始まった。

実力は拮抗していたが、片方は槍、片方は長剣での対戦は、リーチの差で槍の先輩が勝利した。

休憩を挟んで最終組。

アールスハイン、助、3年先輩。

鐘が鳴って試合開始。

3人はお互いの出方を窺うように動かない。

膠着した場で最初に動いたのは3年先輩。

アールスハインに真っ直ぐ突っ込んでいって、激しい打ち合いになる。

アールスハインも手こずるものの、なんとか食らい付いて、互角の勝負をしている。

だが、激しい打ち合いの中、助の存在を忘れていたのか、背後からの攻撃に3年先輩は反応できずに、呆気なく切りつけられ敗北。

アールスハインと助の勝負は、魔法剣対決になったが、途中から学び始めた助の方が、練度が低く敗北。

アールスハインに大きな歓声が贈られた。

10分の休憩のあと、決勝に進んだ3人が舞台に上がる。

アールスハイン、書記先輩、槍を持った3年先輩の3人は、王族席へ挨拶し舞台中央に立ち互いに挨拶。

武器を交差させた状態で停止。

鐘の音と同時に距離を取って、まず動いたのは書記先輩。

3年先輩に向かい攻撃を仕掛けたが、槍の間合いを取られ、なかなか懐に入れない。

アールスハインが、3年先輩の背後から切りつけようとしても、槍を振り回して回避される。

その動きを見て、将軍さんがほう、と言い、さらに2人対3年先輩の戦闘が続く。

なかなか攻撃の通らない2人だが、何度か打ち合ううちに、アールスハインの剣が3年先輩の槍の柄を切り飛ばした。

棒の部分しか残っていない槍を見て、3年先輩が降参の意思を示し、アールスハインと書記先輩の対戦になった。

2人はまず距離を取って対峙し、お互いの出方を窺う。

動いたのは2人同時。

ガガンガガンギンギンと剣のぶつかる音が響く。

書記先輩が1歩引いて、肩の力を抜くのに誘われるように、アールスハインが切りかかったが、それはフェイントだったのか、逆に弾かれ体勢を崩される。

アールスハインが体勢を戻す前に書記先輩が、強烈な一撃を繰り出すが、アールスハインのバリアに阻まれ脇ががら空きになる。

アールスハインが切りつけて、試合終了。

運ばれていく書記先輩が握手を求めると、アールスハインも応じて、場内から盛大な拍手が贈られた。

こうして剣術大会はアールスハインの優勝で終わり。

表彰式で優勝者に贈られるメダルを、父親である王様からかけられて、アールスハインは照れ臭そうな、誇らしそうな顔をしていた。


剣術大会が終わると、生徒は講堂に集められ、演習の成績発表に移る。

観客席にいた多くの父兄は身分に合わせて、このあと懇親会が開かれるらしい。

今日の話題で盛り上がるらしいよ。

成績発表は全員ではなく、３学年総合で上位50組のリーダーの名前のみが発表される。

点数や買い取り金額は、トラブルを防ぐために班ごとに担任から知らされ支払われる。

講堂の舞台中央に、大きな画面（？）が置かれ、右から左にリーダーの名前が流れていく。

50位から始まるその名前は、例年３年生で埋まるらしいが、今年は1、２年生の名前も多くある。

20位台には、イライザ嬢と助の名前もあった。

上位10位台になると、流れるスピードが遅くなり、それでも出てこないユーグラムの名前に、ディーグリーがソワソワしている。

流れる名前を読み上げていた教師が、

「今年の演習最上位は、学園始まって以来初の、1年生、ユーグラム班です！」

講堂内が大きくどよめき、1年生から盛大な拍手が贈られた。

ユーグラムは無表情なのにドヤ顔で、ディーグリーは拳を掲げ、アールスハインは俺の頭を撫でる。

それで解散になり、今日の行事は終わった。

講堂を出ると、多くの生徒にお祝いを言われ、揉みくちゃになる。

どさくさに紛れ俺を撫で回す奴もいて、部屋に戻る頃には、服や髪がヨレヨレになって、大変疲れた。

俺とアールスハインでこれだから、途中ではぐれたユーグラムやディーグリーは大丈夫だろうか？

ゆっくりとシェルの淹れてくれたお茶を飲み、休憩してからお風呂に入って着替えをしてから食堂へ。

食堂につくと、ここ久しく見ていなかった光景が。

食堂中央に立ち、睨み合うキャベンディッシュと生徒会長。

間に挟む二股女がいなくなったのに、今日の成績発表のことで揉めているらしい。

それを横目に席に行くと、ユーグラムとディーグリー、助がいた。

助は、剣術大会でも成績発表でもいい成績を収めたので、友人といると揉みくちゃにされるので避難してきたらしい。

注文を済ませ、お互いを労う言葉をかけていると、近づく人影。

バリアの外にいるのは書記先輩で、こちらに会釈してきた。

バリアの中に入れてあげると、食事を一緒にしてもいいか聞いてきて、アールスハインが許可すると、同じテーブルについた。

「珍しいね～、オコネル先輩が会長と一緒じゃないの？」

「この頃はあまり一緒にはいないがな」

「それって～、例の魅了魔法のせい？」

「それもあるし、それだけではないが」

ディーグリーは、質問しといてあまり興味がないらしい。

「今日は、何かあるからこちらに来たのでしょう？」

ユーグラムが促すと、

「あぁ。アールスハイン王子、今日のティタクティスとの試合でお使いになった魔法剣のことでお聞きしてもよろしいですか？」

「構わないが、オコネル殿は魔法剣に興味がなかったのでは？」

「確かに一度教師からの誘いは断りましたが、興味がなかったわけではなく、祖父に止められていたのです。まだ新たな技術を学ぶには私の剣は未熟だと。ですが今日の試合でアールスハイン王子がお使いになる魔法剣を見た祖父が、ひどく感激しまして、学ぶ機会があるなら学んでこいと申しまして」

「ですが、それはアールスハイン王子にではなく、教師に言うべきでは？」

「教師にももちろん言うが、先にアールスハイン王子に許可を取るのが筋かと」

「ブフッ、そ〜ゆ〜とこ、オコネル先輩は真面目すぎだよね！　それに先に許可って言うなら、魔法剣を開発したケータ様じゃない？」

「？　魔法剣を開発したのは、アールスハイン王子ではないのか？」

「ここにいらっしゃるケータ様ですよ」

ディーグリーに続きユーグラムまでが俺を示すので、書記先輩は混乱したらしく、アールスハインを見ると、頷くアールスハイン。

驚きに書記先輩の目が見開かれる。

その時、注文した食事が届いたので、皆が一斉に食べ始めると、条件反射のように書記先輩も食べ始める。

その姿が面白かったのか、シェルが密かに爆笑しているとディーグリーと助に移り、書記先輩が少し顔を赤くした。

食事が終わると、あらためて書記先輩が俺に許可を取るために頭を下げるので、

「どーじょー」

とゆるく返したら、書記先輩はまた俺を疑い出して、シェルが今度ははっきりと爆笑した。

皆もつられて笑ってたけどね。

おはようございます。
今日の天気は晴れです。
剣術大会の翌日の今日は休みです。
今日は、剣術大会のあとなので訓練も禁止で、本当に1日何も予定のない日です。

なんとはなしにこの３カ月を思い出していると、毎日続けていた発声練習の成果がまるでないことに気付く今日この頃。

とても切ない！

俺の呂律が改善されるよりも、周りが俺の言葉を理解する速度の方が早いって！

あと、この世界の言葉が無駄に巻き舌なのがいけないと思います！

文字の練習は、とても上手くいっていて、どこの令嬢か？　って聞かれるほど綺麗に書けるようになったのに、呂律が改善される気配が全くない罠。

アンネローゼには、かわいいからいいじゃないと言われますが、納得がいかん！

なんだか泣きそうなので、ここまでにして、ベッドをコロコロしていると、ソラとハクも混ざってコロコロコロし出して、楽しくなってキャッキャしてると、アールスハインとシェルに笑われた。

この頃おっさんだった自分が、幼児の体に引っ張られて行動が幼くなっている気がする。

同じ年だったはずの助までが、俺を時々幼児扱いするし！

帰ってこい、俺の社畜おっさん根性！

いや、別に帰ってきても特に役立つこともなかった。

地味に１人落ち込んでいると、ソラとハクが、猫パンチと触手で頬を叩き慰めてくれる。

この2匹も、この3カ月でずいぶん成長して、いつもいるメンバーには、普通に抱っこをせがむまでになった。

最近ハクは、勝手に人のポケットに潜り込んでいる時があって、驚かすのが楽しいらしい。

ユーグラムとディーグリー、助の揃う食堂で食事をとり、

「アールスハイン王子とケータ様は、今日の予定はあるんですか？」

とユーグラムに聞かれたので、特にないことを伝えると、

「それなら街に行きません？」

とディーグリーに提案された。

「まち？　にゃにしゅりゅ？（街？　何する？）」

「特に何か用があるわけじゃなくて、たまには街をぶらつくのもいいかと思って！」

「いーにぇー、ケータまちいったこちょないねー（いーねー、けーた街行ったことないねー）」

事実上俺の保護者なアールスハインにねだるように見ると、苦笑して、

「行くか？　まぁ俺もそんなに行ったことはないがな」

「おーじらからなー」

「じゃあ俺が案内するよ～！」

「それならば、名前をそのまま呼ぶのはまずいでしょう。街に出る前に考えておきませんと」

「あぁ、そうだねー。ケータ様はケータちゃんでいいとして、アールスハイン王子はー……」

「あーりゅでいいれしょ？（アールでいいでしょ）」

「あぁそれでいい。俺のことはアールと呼んでくれ」

「いいですね、分かりやすくて。ではケータちゃん、私はなんと呼んでくれますか？」

ユーグラムが目をキラキラさせて見てくるので、ちょっと考え、

「ゆーくん！」

とシャレで答えてみたら、ぶわっと周りに幻の花が咲いた。

ゲームに出てくるエフェクトってやつね！　薔薇と後光が見えるね！

「それじゃーユークンで決定～！　で？　ティタクティスは？」

「いや、俺は辺境出身なんで、顔バレしても問題ないんで、普通に名前で大丈夫だから！」

「ちぇ～、ちょっと楽しくなってきたのに～」

ディーグリーが笑いながら言えば、助が軽く小突いている。

この２人は、身分にそれほど差がないので、気安いのかもしれない。

仲良くなるのが早かった。

今着ている服は上品すぎるとのことで一旦部屋に戻り、着替えてくる。

シェルの出してくれた服は、普段着ている服と変わりなかったが、着てみると肌触りがゴワ

ゴワしていた。

なるほど、俺が普段着ている服の高級さが分かった。

とてもありがたいことだ。

ゴワゴワ丸首シャツと固い生地のサスペンダーつきダボダボパンツに、スリッポンに着替えさせてもらう。

シェルもシャツとベスト、パンツに着替えていて、やはり触り心地が違う。

アールスハインもシェルと色違いの似たような服で、抱っこされるとゴワつく。

学園の馬車は平民でも予約すれば無料で使えるので、週末は人気でなかなか借りられないのだが、そこは抜かりないディーグリーが、予め予約しておいてくれたので、スムーズに馬車に乗り込み、街に繰り出した。

ディーグリーが指定した場所は、平民街と貴族街の中間の辺り。

平民がちょっと背伸びして買い物をして、下級貴族が日常的に利用し、高位貴族がお忍びで遊びに来る場所なんだとディーグリーが説明してくれた。

馬車を降りてブラブラと歩き出す。

男5人でブラブラすると、目立ってしまうのか多少注目を集めるが、この程度なら学園でも慣れたものなので気にならない。

一つ一つの店は小さめだが小綺麗にまとまった印象で、街並みは弟がやっていたゲームの中に出てくるような、昔アニメで見たようなそんなどこか懐かしさを感じる、石と木を基調とした建物だった。

八百屋、酒屋、服屋、小物屋、武器屋、金物屋、家具屋、いろいろな店が並び活気があり、街の人たちの顔も笑顔が多い。

俺はアールスハインの抱っこから離れ、助の肩に乗る。

助も慣れたもので肩に立ち上がっているのに小揺るぎもしない。

「たしゅきゅ、やしゃいでっかいな！（助、野菜でっかいな！）」

「あぁ、そう言われればそうだな！　味は変わんないのにな！　ちょっと固いけど」

「しょー、かたーい」

「肉とか子供の頃嫌いだったわー」

「じぇんしぇとおーちぎゃいらなー（前世と大違いだなー）」

「確かにー、子供にいかに野菜を食わせるか、苦労したよなー」

「しょーしょー、くちにいれちぇもべーしゅりゅしー（そうそう、口に入れてもべーするし）」

「俺は顔面にブバーっと吐きかけられたわー」

俺と助の会話は、前世の話が混ざるので、どうしてもおっさんの会話になる。

こう見えて（?）助も一児の父なので、子供の野菜嫌いに苦労させられた経験がある。

俺は独身だったが、ちょいちょい妹2人に押しかけられ、甥っ子の面倒を見させられたので、まぁ苦労は分かるつもり。

「えー、2人の前の世界は、肉が柔らかかったの？」

信じられない！　と驚きの表情でディーグリーが聞いてくる。

「やーわかかっちゃーよ！（柔らかったよ！）」

「そうそう、高級肉なんて蕩けるように柔らかくて、歯がいらないんじゃねーかってほどだったなー」

「えー！　そんなの肉じゃないよー、肉はやっぱりガツンと噛みごたえがなきゃー！」

「ディーグリーは食べたことがないから知らないだけで、あり得ないほど美味いから！　柔らかい肉質に溢れる肉汁、脂身は甘くて蕩けるようなのに、何もつけなくてもしっかりと濃い味がある。あーやべー、よだれ出てきた！」

じゅるり、俺もついよだれが溢れそうになった。

「おいおいけーた、俺の頭によだれ垂らすなよ」

「らいじょーぶ」

てしてし助の頭を叩く。

「……そんなに？　えー、２人がそんなに言うなら食べてみたいかもー。ケータちゃんの料理の腕は確かだし、お城で食べさせてもらった肉も十分柔らかかったし、あのハンバーグは革命だったしな～！　話を聞いてると、ハンバーグよりも柔らかい肉ってことでしょ～？」

「そーそー肉そのものが柔らかいから、ただ焼くだけで最高に美味いんだよ！」

「えー、それってなんて魔物の肉なの～？」

「いやいやいや、俺らのいた世界に魔物はいないから！　普通に動物の肉だから」

「えー？　動物の肉って臭くて硬くて食えないんでしょー？」

　この世界の動物は、魔物に脅かされてほんの少数しかいない。しかもどの種類も小さくガリガリなので、物好きな貴族がたまにペットにするくらいで、ほとんど姿を見ることもない。

「あー、違うんだなー。野生の動物の肉を食べるところもあるけど、俺らが言ってんのは、人間が食べるためだけに飼育した動物の肉のことで、環境を整え餌を厳選し、音楽を聞かせて育てた動物の肉は、本っっっ当に美味いんだよ！」

「………なにその貴族令嬢みたいな肉！　そんな肉のために贅沢(ぜいたく)に金かけるってあり得ないんだけど！　魔物に狙われ……魔物がいないのか……」

「そーゆーこと。外敵って外敵がいない世界なんで、食べるためだけに肉を贅沢に育てることも可能な世界さ」

「ハーー、夢のような世界もあったもんだね～」

「んー？　それはどーかなー？」

助が思わせぶりに言うと、アールスハインが反応して、

「外敵のいない平和な世界だったんだろう？」

「あー、まぁ俺らの住んでた国は世界一安全とか言われてましたけど、争いがない世界ってわけではないですね」

「魔物がいないのに？」

ディーグリーがきょとんと聞き返す。

思わず助と目を合わせて苦笑する。

「……………俺らの住んでた世界は、他種族ってのがいないんですよ」

「エルフや、ドワーフや、獣人族や、妖精族とかの？」

「そーそー。人間だけで、あとは動物って世界」

「獣人族を動物と蔑視するのではなく？」

「はい、言葉の通じない、鳴き声を上げるだけの動物」

「……………人間だけの世界」

「そうです。そしてその人口がこの世界とは比べ物にならないほど多い」

「え～？　想像できないな～、何人くらい？」

「そうですね、世界全体で言えば80億近かったか？」

確認するように俺を見るので、

「おいっきょのきょーかしょに、にゃにゃじゅーにゃにゃおきゅってかいてた（甥っ子の教科書に、77億って書いてた）」

「77億ね、そんな感じです」

「想像つかない～」

この世界、戸籍的な物はあるけど割と大雑把で正確な人口が分かってない。

それでも人族と数えられる人間、獣人、エルフ、ドワーフなどはだいたいの数は分かっているらしい。

「確か、この世界の人族の人数って、だいたい7億ってところでしたよね？」

「そうだな、人族だけで言えばそんなものだろう…………その10倍の人数がいるということか？」

「その全部が人間ってこと!?」

「そうなりますね。俺たちの住んでた国だけでも、この国の10分1の広さの土地にこの国の5倍の人間が住んでましたし」

「なにそれ、すごい窮屈そ～！」

「まぁ、それは否定できないな。国の数も全然違うし」

「国の数？　この世界ってことなら……今21でしたっけ？」

「そうだ、国として10年以上機能している国だけだがな。小国は数年でなくなることも、別の国になることも多いから」

「じぇんしぇは、ひゃくくーじゅー？（前世は、１９０？）」

「……そんくらいじゃね？」

「…………あぁ、だから食べるためだけに肉を作るのか」

「はい、野生の動物を狩るだけでは賄（まかな）えないので。そしてより多く売るために餌や環境を整えて、希少価値をつけるために味に拘（こだわ）り、それがより高値で売れる」

「あぁ、確かに～、希少素材が高いのと同じ感じだね～」

ちょっと違う気もするが、まぁいいか。

「ええ、それだけの国があり、多くの人間がいて、国によって言葉も文化も違う。肌の色も違えば、そこに争いが生まれることもある」

「人間の敵が人間…………」

「まぁ、闘いってことではないですが、より人よりもいい暮らしをするために、子供の頃から、長い年月学園に通い、朝から晩まで働いてましたね」

「ん～、それって平和なの？」

「んー、命の危機は滅多になかったよ」

「そういう平和ね、でも窮屈そ～」

「まぁ、周りが全部そんな感じだと、不思議にも思わず流されるからなー」

「世界が違うって大変だね～。でもその割に、ケータちゃんは順応早くなかった？　ティタクティスは生まれたところからやり直したって聞いたから納得したけど、ケータちゃんてば特に泣いたり感情を爆発させたりしたことないよね？」

「確かにないな？」

「あー、こいつはちょっと普通じゃないんで！　俺と一緒に考えるのはどうかと」

助が失礼なことを言い出した。

「おりぇはふちゅーらし！　ただ、もどりぇにゃいのちってて、わがみゃみゃいっても、しょーがにゃかったらけー（俺は普通だし！　ただ、戻れないの知ってて、わがまま言ってもしょうがなかっただけ）」

「それでも普通の奴は、癇癪（かんしゃく）起こしたり泣いたりするんですー。お前は切り替えが早すぎ！　だから元カノに冷血人間とか言われんだよ！」

「ありぇは、わかりぇたのに、わぎゃままきいてくりぇりゅのが、あたりまえみたーのぎゃ、あちゃまきちゃのー（あれは、別れたのに、わがまま聞いてくれるのが、当たり前みたいのが、頭きたの）」

「その後噂されて女子に総スカン食らったのに平気な顔してるから、元カノが結局いたたまれなくなって、高校辞めてったじゃん」

「そりぇおりぇのせー？（それ俺のせい？）」

「まぁ、騒ぐだけ騒いで、気まずくなったのはあの女のせいだけど」

「プスッ、ウフフ、アハハハハハハハ」

俺たちのやり取りを聞いて笑い出したのは、シェル。

ディーグリーも笑い出し、ユーグラムとアールスハインは複雑な顔をしている。

複雑な顔の意味が分からず、首を傾げていると、シェルが笑いながら、

「ケータさ、ケータちゃんの過去に彼女がいた事実に、驚きと戸惑いがあるんですよ」

「あぁ、この世界は、お付き合いイコール結婚ですからね。俺たちのいた世界は、身分の差がほとんどないんで、恋愛は自由。くっつくも別れるも本人次第だったので、気に入らなければ簡単に別れられるんですよ」

「たしゅくも、けっこんちたけど、わきゃりぇたしな（助も、結婚したけど、別れたしな）」

「うっせーな、あれは若気の至りだ！」

「ブフッ、16歳で若気の至りって！」

シェルが爆笑している。

今の話じゃないが、話しているのは今の16歳と幼児の姿なので、それがおかしくて仕方ないらしい。

シェルがあまりに爆笑するので、周りからの注目を集めてしまう。

仕方ないので近くのカフェに入った。

カフェに入ってもまだシェルは笑っていて、つられてディーグリーと助も笑い出した。

注文を取りに来た店員の女の子が困っていたが、笑顔のディーグリーに注文されて顔を真っ赤にしていたので、ほっといていいだろう。

昼食にはまだ早いが、皆は関係なくガッツリメニューを頼んでいて、俺はフルーツタルトを頼んだ。

フルーツ以外食べられないけど！

クリームとタルト生地は、助とディーグリーが残さず食べたので問題なし。

助はこの世界育ちなので、硬くても甘くても食べられるらしい。

美味しくはないらしいけど。

「あれ、それでなんの話だっけ？」

「やわわかいにきゅはおいちーはなし（柔らかい肉は美味しい話）」

「いやいやいや、もっとシリアスな話だったろー、まぁ肉の話もしたけど！」

「にきゅやみちゃい！（肉屋見たい！）」

「見ただけじゃ肉は柔らかくならないだろう？」

「しょりにょちかたを、みちゃいにょー（処理の仕方を、見たいの）」

「処理？　見て分かるもん？」

「じーちゃんやってたかりゃな（爺ちゃんやってたからな）」

「あー、マタギのじーちゃん」

「りょーゆーかいのじーちゃん！（猟友会の爺ちゃん！）」

「マタギって何？」

「野生動物の狩猟を生業にする人？」

「じーちゃん、のーからし！（爺ちゃん農家だし！）」

「へー、どんなじーちゃんだったの？」

「んー、よきゅわりゃっちぇー、おこっちぇー、ちゅよくちぇー、かっこいーじーちゃん！

（んー、よく笑って、怒って、強くて、カッコいい爺ちゃん！）」

「俺も会ってみたかったなー」

「え？　ティタクティスは会ったことなかったの？」

「しょのまえにしんじゃっちゃかりゃなー（その前に死んじゃったからな）」

「引っ越す直前つってたなー」

「……えー、なんかごめん」

「いーよー、こどもにょこりょにょはにゃしらし（いーよー、子供の頃の話だし）」

「今幼児なお前が言うとおかしいから！」

「にゃかみは、おっしゃんれしゅー（中身は、おっさんですー）」

「ブハッ、ブフッアハッアハハハハハ」

シェルのツボに入ったらしいよ。

シェルにつられて皆が一頻り笑ったところで、カフェを出て俺の希望の肉屋に向かう。

他の人の希望も聞いたけど、柔らかい肉に興味があるらしく、皆ついてきた。

ディーグリーの知り合いの肉屋は小さな店で、店主は元冒険者の巨人筋肉だった。

イングリードといい勝負。

いまだに気が向くと自分で魔物を狩って肉を卸したりしてるらしい。

見た目は厳(いか)つい凶悪顔だけど、店主を見ても泣かない、逃げない俺をいたく気に入って、肉の処理場へ特別に入れてくれた。

入る前には、ちゃんと洗浄魔法を使ったよ。

処理場には、狩られてきた魔物の死骸がゴロゴロあって、生臭い臭いが立ち込めていた。

ユーグラムが咄嗟に弱い風魔法で臭いを飛ばすほど。

魔物の死骸は、死後硬直してるのに、いまだ血抜きもされておらず、横を見ると皮を剥ぎ、首を落として逆さに吊られた魔物がいるが、死後しばらく経つのか血がドロドロであまり出てこない。

それを次の工程でぶつ切りにして、店頭に並べられる。

「だみだこりゃ」

「ん？　けーた、何がダメだって？」

「じぇんぶー！　にきゅのしょりは、しぇんどがいにょち！　まもののちたいをほっときゅのダメ！　しゅぐに、ちにゅきしにゃいのダメ！　しゅじとけんもとりゃにゃいと、かっちかっちなりゅれしょー！（全部！　肉の処理は鮮度が命！　魔物の死体をほっとくのダメ！　すぐに血抜きしないのダメ！　筋と腱も取らないと、カッチカチになるでしょー！）」

いくらこの世界の魔物肉が、魔力のあるうちは菌が繁殖しないとしても、放置しすぎはダメでしょう！

「お、おう、なんだい、チビッ子は急に怒り出して。何言ってっか分かんねーけど、まぁ落ち着けよ！」

初対面の肉屋店主には、俺の言葉は通じないらしい。

1人プリプリ怒っていたら、ディーグリーに連れ出された。

「ケータちゃん、さすがに肉屋で肉の処理させろってのは無理だよ。だったら草原にでも行って、自分で魔物狩って処理したのを肉屋に持ち込めば、店主も納得するんじゃない？」

「にゃるほろー、んじゃしょーげんいっちぇくりゅー！（なるほど、んじゃ草原に行ってくる！）」

「待った待った！　今すぐじゃなくていいでしょ！　今日は街の探索して、明後日の魔法大会終わってからの休みに行けばいいじゃん！　その時は付き合うし！」

ディーグリーに説得されて、肉狩りはまた後日になった。

その後は肉屋店主にお礼を言って、また街をぶらつく。

武器屋はやはり男子、全員が興味津々で入っていくが、俺の扱える武器などないので、地味に落ち込む。

まぁ、他のメンバーもこれといって気に入った物がなかったので、見ただけで終わったが。

防具屋も同じく冷やかして終わり。

ユーグラムが俺を連れて雑貨屋に入り、可愛らしい小物をいくつか購入して、俺が八百屋にあった、巨大青パパイヤを買う。

「なんでそんなん買ったんだ？　お前じゃ硬くて食えないだろ？　俺らにだってそれは硬く感じるからあんま売れてないのに」

「にきゅをやわわかくしゅりゅのにちゅかう（肉を柔らかくするのに使う）」

「青パパイヤで？」

「あおぱぱーやで（青パパイヤで）」

俺の意見に納得はしてないけど、口出しもしない助。

当然だ、こいつは前世で焼きそばも失敗する料理の腕前なのだから。

街全体に活気があり、道は綺麗に清掃されて、馬車を使っているのに馬糞などはない。

不思議に思って聞いてみると、孤児院などの子供を雇って、掃除をさせているらしい。

あとは見習い冒険者の罰とかにもなっているとか。

街で一際大きな建物は、役所か冒険者ギルドか、ディーグリーの家の店かのどれかのことが多い。

ディーグリーの家の店の前を通りかかると、中からちょっと偉そうな人が出てきて、深くお辞儀をするので、ディーグリーが足早に通りすぎ、恥ずかしそうにしているのが微笑ましかった。

特に収穫はなかったが、それなりに楽しかった街歩き。夕飯は学園の食堂でとるので、ブラブラと歩いて学園に向かう。

学園の門が見える位置まで来ると、シェルが皆に止まるように合図する。

シェルが見ているのは学園の門のところで、よく見てみると、1人の少女が学園の中を窺っている。

その少女は、薄汚れたワンピースを着て、グレーっぽい髪を1本の三つ編みにした、メガネをかけた少女で、門の内側を覗こうとしたり、門の隣に続く柵から中を覗こうとしていた。

学園には特殊なバリアが張られているので、学園の関係者しか入れないようになっている。

そのバリアに阻まれて中に入れない少女が、バリアを叩き蹴っている。

そんなことではバリアはびくともしないが、駐在している兵士に知らせはいくので、ほどなく駆けつけた兵士に両脇を抱えられ連れて行かれた。

少女がいなくなった門をくぐり中へ。そのまま食堂に向かい注文を済ますと、

「あの子、なんだったんだろうね～？」

「不審者でしょう？　平民生徒でも、普通に学生証を持っているので、中に入れますし」

ユーグラムがバッサリ切るように言えば、助がフォローなのか予想を口にする。

「あれじゃない？　学園の生徒に一目惚れして会いたくて、不法侵入しようとしたってゆー」

「あ～、毎年何件かは出るよね～。演習後にはなかったから、今年はないのかと思った～」

最近知ったのだが、ユーグラムはかわいいもの以外には結構辛辣（しんらつ）です。

「どこの誰が助けた子かは知りませんが、ずいぶんと積極的なお嬢さんでしたね」

ディーグリーは、話し方がゆるいのでユーグラムの辛口コメントを中和してる。

「たまにいるよね～、一方的に運命感じちゃう子って！」

「そうそう、こっちは顔も覚えてないのに」

そしてシェルは突っ込み役。

「お2人は経験があるのですか？」

「あー、ユーグラムは綺麗すぎて近寄り難いから、そういうのはないのかな？　俺はほら、貴族だけど五男だし顔も親しみやすいのか、平民のお嬢さんには狙いやすいらしいよ」

「俺も庶民だから、声がかけやすいみたいで、勘違いされて付きまとわれたことが何度かあるよ～」

「モテるのも大変なんですね」

しかし笑いのツボが大きいので、笑いすぎてサボりがち。

「ユーグラムやアールスハイン王子は、見るからに高貴なオーラが出てるから～、落とせる気がしないんじゃない？」

「俺らはある意味、舐められてんだな」

自分で言って、落ち込む助。

ディーグリーも肩が落ちている。

「どうかしたか、ケータ？」

俺が皆の話を聞きながら、他のことを考えていたら、アールスハインに気付かれた。

「んー、あにょきょ、みちゃこちょありゅちがしゅりゅ（んー、あの子、見たことある気がする）」

「あの子って、さっきの子？」

「しょー、どっきゃでみちゃよーな？（そう、どっかで見たような？）」

思い出しそうで思い出せないでモヤモヤしていると、アールスハインが、

「あの手の女子は城にはいないだろう？　下働きでも、もう少し綺麗にしているだろうし、演習の時なら俺たちも見たかもしれないが、記憶にないな」

「んー？　ふーいきがにてりゅだけかみょ？（んー？　雰囲気が似てるだけかも？）」

「他人のそら似じゃねーの？　今後また会う機会は少ねーと思うぞ？」

「しょーね、きにちないことにしゅりゅ！　しょりぇより、にきゅのこちょかんがーる！（そ

ーね、気にしないことにする！　それより、肉のこと考える！）」

そう言うと皆に笑われたが、笑い事ではない！　このままでは、俺はいつまでも肉が満足に食えぬ！

お城の料理長をはじめ、料理人の皆さんにはだいぶ柔らか肉の信者が増えたが、学園にまではまだまだ広まっていない。

学園の食堂でも、ハンバーグのレシピは広めたので、大人気になり俺のお子様ランチにも度々出るようになったが、粗挽きの肉自体が硬いので、かなり頑張っても半分も食えない。

俺はもっと柔らかい肉で、いろいろな料理が食べたいのだ！

硬い肉でも作れるが、俺が食えないのでまだ披露していない。

助は薄々気付いているが、柔らかい肉を手にいれるまでは作るつもりはない！　と宣言してやったら納得してた。

硬い肉でトンカツとか拷問だと思う。

ゆっくり食事をして、今日は解散。

誘ってくれたディーグリーにお礼は言っといたよ。

部屋に帰り、お風呂と着替え。

寝間着のワンピースみたいな服を着ると、あらためて今まで着ていた服の上等さに気付く。

シェルにお礼を言って、寝ました。

おはようございます。

今日の天気は曇りです。

二股女がいなくなって2カ月。冬真っ盛りだが、この国の季節はそれほど極端でないので1年中過ごしやすい。

真夏でも半袖で少し汗ばむ程度。冬の今も、上着を1、2枚余計に着れば過ごせる程度。

春と秋を交互に過ごしてる感じ。快適。

日課の準備体操と、一向に結果の出ない発声練習も続けている。

一時やさぐれてサボったが、なんとなくまたやり始めた。

常に誰かに抱っこされてるので、なんの準備もいらないのだが、なんとなくね！

シェルが来て、お着替え。

長袖Tシャツの上にモコモコのつなぎを着せられる。

腹の部分に大きなポケットがあって、ソラとハクが仲良くインしてる。

足には可愛らしいモコモコのショートブーツ。

アールスハインは、今日は最初から運動用の迷彩じゃない迷彩服（?）を着ている。

明日が魔法大会なので、今日は予選。

剣術大会の時と同じで、一度に大勢が闘っての勝ち抜き戦。

剣術大会では活躍できなかった令嬢たちの気合いが半端ないらしいよ。

食堂につくと、今日の予選のために、令嬢たちも運動用の迷彩じゃない迷彩服（?）を着ていて、いつもと雰囲気が違う。

いつもはお淑やかに食べて、キャッキャしてるのに、心なしかいつもより量も多く、がっついている様子。

そんな令嬢たちを横目に席につく。

ユーグラムは常に無表情だが口端が引きつってるし、ディーグリーと助はドン引きしてて、アールスハインとシェルは苦笑してる。

食事が終わると一旦教室へ。予選の抽選をするためだ。

前の席の人から順に籤を引いて、イライザ嬢のところ、ディーグリーのところ、ユーグラムのところ、アールスハインのところで教室がざわついた。

籤を引き終われば、予選会場となるそれぞれの場所へ移動。

アールスハインは訓練所での予選となったので移動すると、そこには元生徒会長の姿があった。

チラッとこっちを見たが、特に何か言われることもなく、予選が始まる。

魔法大会だけあって、武器の携帯は禁止。

魔法大会予選だけあって、さまざまな魔法が飛び交っているが、断トツでアールスハインのバリアが強いので、誰の攻撃も受けていない。

それでもまだアールスハインは、反撃バリアは使えないので、自分で攻撃しなければ勝てないのだが。

元生徒会長は、実は2人いる魔法庁副長官の息子だったらしく、魔法が得意でそれが自慢なのか、いろんな種類の魔法を飛ばしまくっているが、威力はアールスハインの方がある。

次々と脱落者が人形によって運び出され、残り20人になった時、教師から終了の合図があって、残った者が本選出場となる。

アールスハインは無事残り、元生徒会長も残った。

元生徒会長はこっちを見て、フフンと笑って去って行った。

何あの笑い？　感じわるーい！

午前中の予定はこれで終わり。

食堂に行くと助以外はまだ来てなくて、助も無事本選出場が決まってた。

あとから来たユーグラムとディーグリーも本選出場できるって。

午後は教師が設営に回るので、自由行動。

毎年訓練所は、令嬢たちに占拠されるので使えないらしい。

周りから聞こえる声でそのことを知り、どうする？　と相談していると、食堂中央にキャベンディッシュと元生徒会長登場。

2人とも本選出場が決まったことを自慢して、また勝負をするらしい。

よきライバル関係になった模様。

どちらも大した実力じゃないけど！

たぶんあの2人は、女神が攻略対象に選んだだろうから、本来のスペックは高いのだろう。

が、いまいち結果が伴わないのは、無駄に張り合うだけで、2人とも基本の地道な努力が足らないからだろう。

この2カ月、地味で根気のいる訓練をしてきたので、俺たちの実力はかなり上がった。

今すぐ魔法庁で働ける！　ってテイルスミヤ長官にスカウトされるほど。

ちなみにテイルスミヤ長官は、二股女の教育と見張りがいらなくなったので、学園を辞めて自分の仕事に戻った。

インテリヤクザな担任もちょっとは反省したのか、魔力コントロールの練習は密かに続けているらしい。

夕方まで訓練して、汗をかいたので一旦部屋に戻ってお風呂に入り、食堂へ。

朝見た時より、窶れている令嬢が複数。

彼女たちは本選に出場するのだろう。

本選落ちした令嬢たちは、落胆しているのか雰囲気が暗い。

食事を済ませ、お茶を飲みながら自然と話題は明日の話になる。

お互いライバルなんだけど、他の席のような険悪さはなく、誰が決勝に残るかで罰ゲームを決め始めた。

組み合わせによっては誰が落ちるか分からないからね。

それに聞き耳を立てていた近くの席の生徒が、周りに広め学食代を賭け始めたりしてた。

本命はユーグラム。

2番人気からは知らない3年生の名前、たまに2年生と続く。

ここにいるメンバーは、ユーグラムに負けないくらい魔法が使えるけど、皆まだ知らないからね。

大穴で元生徒会長の名前があがって、シェルが爆笑してた。

普通は王子から名前があがるのに、アールスハインは魔法を使えない王子として有名だったからともかく、キャベンディッシュは誰の口にもあがらないくらい論外らしい。

高位貴族は魔力が多い傾向があるのに、その多い魔力を活かせないのは、本人の資質の問題なので、実力のない高位貴族は尊敬されないんだって。

だから、長年の呪いが解けた途端実力をグングン伸ばしてるアールスハインは、密かに注目はされてるそうだ。

もともとキャベンディッシュ側だった貴族が、続々とアールスハインに乗り換えているって、シェルが黒い笑顔で言ってたよ。乗り換え貴族のリストを作ってるらしいし、怖いね！　面倒くさいね！

以上で今日は終わりです。

おはようございます。
今日の天気は晴れです。

今日は魔法大会当日です。

だからって俺は見学するしかやることはないんだけど。

着替えて朝ごはんを食べたら、高位貴族用の保護者控え室に行きます。

見学に来た親に、朝の挨拶をするためです。

控え室には、王様、宰相さん、将軍さん、教皇様、テイルスミヤ長官に、イングリード。

アールスハインは挨拶と同時に、王様に俺をパスします。

なぜ王様も当たり前のように受け取る？

今日も王様の膝で観戦することが決定した模様。

王妃様方と姫様方は、今日も来られませんでした。

どっかの国の王妃様とお姫様が来てるので、その接待らしいよ。

アールスハインたちが本選出場者控え室に向かって部屋を出ると、この部屋にいる人たちも観客席に移動する。

貴賓席はゆったりとスペースが取られ、各席ごとにテーブルも配置されて、いつでもお茶を飲めるようにデュランさんもスタンバってる。

隔離されたスペースは特別感があるけど、舞台とはかなり距離があって、臨場感は味わえないちょっと寂しい席だ。

ルールとかは、剣術大会とほぼ一緒で、舞台から落ちるか戦闘不能で負け。

武器や体術は使わず、魔法のみで闘う。

最初に闘う20人が舞台に上がる。

今回も20人5組、全100人が本選出場。

舞台上で円になり、外側を向いて一礼。内側を向いてそれぞれ構えると、

ガガーンガーンガーン

鐘の音を合図に戦闘開始。

この第1組には知り合いがいないので、のんびり観戦。

いろいろな種類の魔法が飛び交うが、中級魔法の槍はあまり多くない。

テイルスミヤ長官が、ちょっと渋い顔をしている。

学園卒業時のテストで中級魔法の一定威力以上を出すと、魔法庁に推薦してもらえるはずなんだけど、この組にはテイルスミヤ長官のお眼鏡に適う人はいないらしい。

まぁ、魔法庁入庁ってのはエリート街道らしいから、そんなにポコポコ出ても困るだろうけどね。

バリアと魔法玉を同時に発動できる人はおらず、魔法玉を打った直後を狙われて負けてしまう人が多い。

特に目を引くような魔法の使い方をする人はおらず、ちょっと退屈になってきた俺は、デュランさんが出してくれたジュースを飲もうとテーブルに手を伸ばす。が、ふと視線を感じて周りを見る。

皆、前方の試合に夢中でこっちを見ている人はいない。

それでも感じる視線。

さらに探すと、下、俺の張ったバリアの外側に、黒いウニョウニョを発見。

目などないのに視線を感じる不思議。

こちらを見ながら（？）少しずつ這い寄って来るウニョウニョ。

俺がガン見している様子に、気付いたのはデュランさん。

「ケータ様、どうかされましたか？」

「ここに、くりょいうにょうにょがいりゅ（ここに、黒いウニョウニョがいる）」

指差して訴えてみたが、デュランさんには見えないらしい。

不思議そうに首を傾げている。

俺とデュランさんの会話から、王様も俺の指差す先を見るが、やはり首を傾げている。

あとほんの少しでバリアに触れる位置まで来たウニョウニョ。

バリアに触れた途端、パチッと音が鳴って、皆にもウニョウニョの姿が見えるようになったらしい。

「これは、以前見た覚えがあるな」

「にょりょいねー（呪いねー）」

「アールスハインの体から出ていたのだったか」

「しょー、にてりゅ」

「誰に向けられているか分かるか？」

「しゃー？　ここにーりゅしとにょだりぇか？（さー？　ここにいる人の誰か？）」

「……………テイルスミヤ長官を」

「は、ここに……………確かに以前、アールスハイン王子の時に見た呪いに酷似しておりますね。ケータ様、このバリアは先ほどこの呪いを弾いたように見えましたが、呪いを防げるのですか？」

「ふしぇげりゅよー、こうぎぇきしゃりぇりゅと、ばいがえちしゅりゅー（防げるよ、攻撃されると、倍返しする）」

「それは頼もしい限りですね！　では、私はこの呪いの返された先を追跡いたしましょう」

「ああ、頼む」

王様に撫でられたよ。

デュランさんがいい笑顔でジュースを差し出してくれたので、お礼を言って美味しくいただきました。

特に被害がなかったので騒ぎにはせず、テイルスミヤ長官がバリアに弾かれてどっかに飛んでった呪いを追いかけていった。

気付くと第2組の試合が終わっていて、アールスハインと助が勝ち残り、舞台から降りていくところだった。

第3組には、イライザ嬢が出場していてバリアとの同時発動はできなかったけど、中級魔法の水槍を飛ばしまくって敵を吹っ飛ばして勝ち残ってた。

ちょっと怖かったのは内緒。

宰相さんとイングリードが立ち上がって喜んでたよ。

第4組はディーグリーの無双で終わりました。

俺たちの中では、助といい勝負の最下位なんだけど、他の人に比べるとかなりレベルが高いことが分かった。

最後の第5組は、当然ユーグラムの独壇場だった。

魔法自慢の元生徒会長も、それに張り合おうとしたキャベンディッシュも瞬殺されてた。

教皇様が立ち上がって拍手してて、気付いたユーグラムが無表情で手を振ってた。


午前中の試合が終わり、昼食をとるために控え室に戻る。

控え室に戻る途中合流してきたテイルスミヤ長官は、無事刺客を捕らえたらしい。

返された呪いは、病気の症状に似ていて、体が徐々に動かなくなって、やがて死に至る。

そんなことを目的とした呪いだったらしく、俺のバリアで効果が倍になって跳ね返されたもんで、その場で動けなくなったらしい。

こんなはずじゃなかったって刺客が叫んでたって、テイルスミヤ長官が王様に報告してた。

尋問と解呪は城に帰ってからするそうだ。

お付きの騎士さんが先に城へ運んでいったって。

王様の護衛は？　って聞いたら、呪いも返せるバリアがあれば、どんな刺客が来ても心配ないって、テイルスミヤ長官に笑顔でよろしくお願いされた。

控え室には既に食事の準備が整っていて、数人のメイドさんが料理を運ぶ準備をしてた。

上座に座る王様の隣に俺の子供椅子がセットされてる。

王様に座らせてもらって、本選１回戦を勝ち抜いた生徒が来るのを待っている。

アールスハインを筆頭に、いつものメンバーとイライザ嬢、あとは勝ち抜いただろう知らない生徒が5人。

ガチガチに緊張してるのは2人の男子生徒だけで、残り3人の令嬢は多少緊張してはいるが、ガチガチではなかった。

親しげに話す様子から、イライザ嬢の友人の高位貴族の令嬢たちだと知った。

イライザ嬢も椅子に座ったが、隣はもともと座ってた宰相さんで、反対隣には友人の令嬢が座ってしまったので、イライザ嬢の隣に座れなくなったイングリードが、ちょっと不貞腐れた顔をしてるのが面白かった。

王様とこっそり笑ってたら、宰相さんが黒い笑顔でこっちを見てきた。

いつの間に来たのか、部屋の隅でシェルが密かに爆笑してた。

軽い挨拶が終わり食事が始まる。

剣術大会にはいなかった教皇様とテイルスミヤ長官もいたので、賑やかな魔法談義で話が盛り上がった。

俺は食べるのに必死で参加しなかった。

かっっっったい肉を、上品に食べながら話すって、俺には難易度が高すぎだと思うの。

令嬢たちも、普通にかっっっっったい肉を食ってたし、なんなのかしら？　あの細い顎のどこにそんな咀嚼力を隠してるのかしら？　魔法？　魔法なの？　身体強化魔法って聞いたことも使ってるのも見たことないけど、実は皆、達人級に使えてるのかしら？　今度テイルスミヤ長官に聞いてみよう。

俺1人、肉とのデスマッチをしていると、皆食べ終わってて、俺は敗北の二文字を背負ってフォークを置いた。

今回も負けてしまった。

だが今に見ていろ、肉め！　爺ちゃん婆ちゃん直伝の技で、お前をやわやわにして美味しく食ってやるからな！　と闘志を燃やす俺だった。

午後の部に出場するためアールスハインたち生徒が部屋を出ていくと、刺客を運んでいったはずの騎士が1人大慌てで帰ってきて、将軍さんに何か耳打ちした。

将軍さんは、険しい顔をして騎士に質問しているが、騎士も詳しいことは分からないのか、頻りに首を振っている。

将軍さんが立ち上がって王様の前に来ると小声で、

「先ほど報告があり、牢に入れていた元王妃クシュリア様が姿を消したそうです。捜索はしておりますが、牢番が呪いにかかり意識不明なため、いつから姿が見えないのか分かりません。

城に常駐する神官の手には負えないほどの呪いだったようで、今すぐ命に関わることはないとのことでしたが、話を聞くのは遅くなります」

「分かった。私もすぐに城に戻ろう」

「いえ、それにはおよびません。捜索は私が指揮を引き継ぎますので、陛下は大会が終わり次第城にお戻りください。できれば教皇猊下（げいか）にご同行いただけるとありがたいです」

「分かった、そのようにしよう。教皇殿にもご同行願う」

「よろしくお願いいたします。それでは私はこれで。ケータ殿、くれぐれも陛下をお願いいたします」

「あーい、がむばりゅまーしゅ！　あ、ちょちょっちょまっちぇ…………えーと、こりぇでーにょりょいとけるきゃも？（はい、頑張ります！　あ、ちょっと待って…………えーと、これで呪い解けるかも？）」

　俺が作ったのは、飲み水に聖魔法をかけて、バリアの容器でくるんだもので、唾液に触れるとバリアが溶けるように設定して作った物。ピンポン玉くらいあるそれを飲み込ませると、体の中に聖魔法が満ちる仕様になっている。

　呪いは強い聖魔法を受けると、解けてなくなるので試しに作ってみた。

　他の人の魔法だと魔力反発が起こって大変なことになるけど、俺の魔法はなぜか大丈夫なので、この3カ月大勢の人を一気に治す魔法を開発したのだ。

聖魔法を水に溶かして、雨みたいに降らすのが一番効果があったので、呪いにも効くはず。

それを将軍さんに説明してから渡すと、頭がもげるかと思うくらい撫でられた。

王様と宰相さんが険しい顔をしているが、今ここでできることはないので、控え室を出て会場に。

将軍さんは城に向かった。


会場に着くと、貴賓席の周りは黒いウニョウニョで埋め尽くされていた。

床が一面黒いウニョウニョ。

毛足の長い絨毯にも見えるほど、埋め尽くされていた。

「ちょっちょ、しゅちょーっぷ！　うにょうにょだいはんしょくー！（ちょっと、ストップ！　ウニョウニョ大繁殖！）」

「……………これは、見えはしませんが分かりますね」

そう答えたのは教皇様。

床を凝視して気持ち悪そうな顔をしている。

「これほどの塊なら私も感じ取れますね」

テイルスミヤ長官は口許を押さえて言う。

気持ち悪いよね。

「どーすりゅー？　じょーかちていい？（どうする？　浄化していい？）」

「これほどの呪いを一度に消せるのですか？　私もお手伝いいたしますが？」

「じょーかは、だーじょーびゅ、はんげちはたーへん（浄化は大丈夫、反撃は大変）」

「なるほど、なら頼めるか？　一気に消してしまって構わない」

「あーい」

俺はバリアの外にさらにもう1枚バリアを張ってウニョウニョを包囲すると、その中に聖魔法の雨を降らせる。

俺がバリアでウニョウニョを包囲した時点で、皆にもウニョウニョの姿が見えたようで、オエッてしてる人もいた。

ウニョウニョは俺が降らせた聖魔法の雨に触れた途端、消えてなくなった。

「…………はー、話には聞いてましたが、これほどのお力をお持ちとは」

教皇様がため息のように感想を述べる。

王様はさっきから俺をずっと撫で回している。

綺麗になった席につくと、ちょうど選手が舞台に上がるところだった。

第1試合は名前を知らない令嬢と、ガチガチに緊張してた3年先輩の対戦だったが、両者激しい魔法の撃ち合いで、3年先輩の魔法を令嬢が魔法で相殺しようとして失敗。スカートに着弾してビリビリに破けてしまったところで令嬢が降参。

すごく悔しそうだったけど、恥ずかしさには敵わなかったらしい。

第2回戦は、助対イライザ嬢。

鐘が鳴って試合開始。

体質的なものなのか、男性よりも女性の方がバリアは強い傾向にあるが、俺たちに影響を受けて、助も日常的にバリアを張って生活しているので、女性であるイライザ嬢のバリアに負けないくらいの強力なバリアを張れている。

そのうえ、イライザ嬢はバリアと攻撃魔法の同時発動ができないので、バリアを張っての防戦一方になる。

体質的に攻撃魔法の強い男性である助が、バリアとの同時発動ができる時点で結果は明確。

バリアを張りながらの魔法ゴリ押しで、イライザ嬢のバリア割って助が勝利で試合終了。

イライザ嬢がすごく悔しそうだけど、握手して挨拶してたから大丈夫そう。

宰相さんとイングリードが、イライザ嬢以上に悔しそうだったのは笑ったけどね。

3回戦は、ディーグリー対令嬢。

鐘が鳴って試合開始。

ディーグリーは、基本女の子にやさしいので闘いづらそう。

それに比べて令嬢の方は、いろんな種類の魔法玉をガンガン撃っている。

まぁ全部ディーグリーのバリアに防がれてるんだけど。

ガンガン撃ってた令嬢が、突然止まり、そのまま倒れた。

何事？　と思ってたら、いつの間にかディーグリーが令嬢の背後から眠りの魔法を当てていたらしい。

気持ちよさげに舞台の真ん中で眠る令嬢。

相手も自分も無傷で勝ったのはいいけど、とてもシュールね。

4回戦、アールスハインと令嬢。

鐘が鳴って試合開始。

アールスハインはバリアを張りながら、最初から中級魔法の魔法槍でガンガン攻めてる。

珍しいこともあるもんだ。

令嬢はバリアで防ぐので精一杯。

それでもさすがに中級魔法を何度もは防げないので、破られる度に張り直す。

その張り直すちょっとの時間差に、アールスハインの魔法がカスって、場外負け。
2人は握手して試合終了。
5回戦、ユーグラムとガチガチだった3年先輩。
鐘が鳴って試合開始。
先に攻撃したのは3年先輩。
ユーグラムに反撃の隙を与えないようにか、絶え間なく魔法を撃ち続けている。
だがユーグラムのバリアは、弱いとはいえ反撃バリア。
3年先輩の撃った魔法は漏れなく反撃され、結果3年先輩の自爆のような何か。
気絶して運ばれていく3年先輩。

しばらくの休憩のあと、決勝戦。
5人同時対戦。
決勝進出者たちが舞台に上がり、外側を向いて礼。
内側に向かい合う。
鐘が鳴って試合開始。
全員が同時にバリアを張って、様子を見るのかと思ったら、3年先輩が舞台中央に。

ここからじゃなんの魔法を使ったのか分からなかったけど、開始早々バリアの間に合わなかった助とディーグリーが倒れ、戦線離脱。

残ったアールスハインとユーグラムと3年先輩、と思ったら数分の時間差で3年先輩が倒れた。どうやらユーグラムのバリアの反撃にあったらしい。3年先輩が舞台から運び出される。

あらためて向き合ったアールスハインとユーグラム。

どちらもバリアを張りながら魔法を撃つ。

アールスハインは魔法玉と、たぶん麻痺系の魔法。

ユーグラムはいろんな属性の魔法槍をガンガン撃ってる。

アールスハインのバリアに罅が入り、咄嗟に張り直したのは前方のみ守る半円のバリア。

前方のみなので強度は先ほどの倍。

そのバリアで魔法槍を防ぎながら自分も魔法玉を撃っている。激しい魔法の攻防に観客も盛り上っている

お互いの魔法がぶつかり合って煙が立ち込め、視界が悪くなったところで、ユーグラムの放った魔法玉がアールスハインの背後から襲い、アールスハインは反応はしたものの、いつもの癖で剣で切ろうとして脇腹に着弾、戦闘不能。

ユーグラムの勝利。

盛り上がりすぎて、会場が揺れるような歓声が響く。

負傷したアールスハインは運び出され、無表情なユーグラムが舞台中央に立つ。

鐘が鳴って試合終了。

そんな大盛り上がりの中、カツンと微かな音を立ててバリアに何かが当たる。

すぐさま反撃されたので、何が当たったのかは分からないが、攻撃されたらしい。

王様に訴えようとしたが、歓声に邪魔されて声が届かなかった。

王様はこのあと表彰式があるので、舞台に向かわないといけないんだけど、もし狙われたのが王様だったら、舞台に上がったら狙われるだろうか？

まあ遠隔でバリア張ればいいんだけど、遠隔のバリアは反撃効果が弱いのが不満。

一応なるべく近くでバリア張った方が多少は強くなるので、王様についてってって、てか抱っこされたまま会場入口まで行って、そこで王様にバリア張って、入口から見張りの体勢。

王様が舞台に上がったら、会場中から歓声が。

王様が人気者って安心するよね。

歓声がすごすぎて、ユーグラムに何か言ってるけど全然聞こえないし。王様がユーグラムの片手を高く掲げると、さらに歓声が。

相変わらず安定の無表情なユーグラム。

カツンカツンカツン。歓声に紛れてバリアに何かが当たる感触。

王様の足元を見ると矢が数本落ちている。

王様も気付いたらしいが、何食わぬ顔でユーグラムと共に舞台を降りてきた。

ガガーンガーンガーン

魔術大会閉会。

ユーグラムも連れて王様と昼食を食べた部屋へ。

係の人に頼んで、アールスハインたちも呼んでもらう。

部屋には既に、教皇様、宰相さん、テイルスミヤ長官がいて、デュランさんの淹れてくれたお茶を飲んで一息ついてると、怪我の治療の終わったアールスハインたちも到着。

皆が席について落ち着いてから、

「父上、何かありましたか？」

「ああ、今日は朝から何度か襲撃にあった。先ほどは私を狙っていたが、必ずしも私だけを狙ったとは限らない。対応を考えようと思ってな」

「……………ええと、それは俺、いや、私たちが聞いてもいい話なんですか？」

助と並んだディーグリーが恐る恐る尋ねると、

「ああ、君たちはアールスハインと共にいることが多いだろう。巻き込まれないためにも聞いていてくれ」

「は、はい」

ディーグリーが緊張しながらも返事をした。

「それにしても、呪いに毒矢ですか。毒の分析はまだ済んではおりませんが、ケータ様のバリアで返された呪いは、ジワジワと時間をかけて病気のように進行していくタイプの呪いでした」

テイルスミヤ長官が言えば、宰相さんが、

「今すぐに命をとろうとしているわけではない、ということか」

「おそらく。徐々に弱っていく間に、何がしかの企みをなそうとしているのでしょう」

「それならば犯人は絞りやすくなるのではないですか？」

教皇様の意見に、難しい顔で黙り込む宰相さん。

「犯人の目的が分からないことには、なんとも。それにあの呪いの範囲を見る限り、ハッキリと陛下だけを狙ったわけではないでしょう」

テイルスミヤ長官の言葉に、宰相さんが難しい顔で、

「そういうことだ。あの場にいた陛下、教皇様、私、テイルスミヤ長官、ケータ殿、デュラン、

誰が本来の目的だったのかは分からぬ。こう言ってはなんだが陛下1人を狙ったのなら、あれほど広範囲に呪いをばらまく必要はない。陛下の席は当然決まっているのだから」

「ですが、舞台に立った陛下を狙ったのも事実」

「そうだ。それが目的の場合もあるが、本当の目的を誤魔化すための陽動とも取れる。陛下を狙ったのは呪いではなく毒矢だったのだから」

「…………現状、自分の身の回りを警戒するしかないということですね」

犯人の目的が分からない以上、貴賓席にいた全員が警戒する必要がある。

俺と常に一緒にいるアールスハインも、王子という立場から狙われる可能性もゼロではない。

「もちろん、怪しい動きをする貴族の監視も行うがな」

宰相さんの言葉でこの会議は終わり、かと思ったら、教皇さんが、

「……ケータ殿にお願いがございます」

深刻な顔で声をかけてきた。

「にゃにー？」

「昼に将軍殿に渡されていた解呪の魔法玉を、ここにおられる全員にご用意いただけないでしょうか？　犯人が不明な以上、いつ狙われるか分からないのです。手遅れになる前に少しでも備えがあれば、最悪の事態は避けられるかと」

「そうだな。備えてさえいれば敵を欺くこともできるかもしれん。ケータ殿、私からも頼む」

王様にまで頼まれたよ。

「あーい、でゅらんしゃー、おみじゅくらしゃい（はい、デュランさん、お水ください）」

俺が声をかけると、すぐに用意されたコップの水。

「あとしゃんばい（あと3杯）」

「ケータ殿、魔法で出した水ではダメなのですか？」

近距離から教皇様に聞かれる。

この人、距離感おかしいよね？

「まほーのみじゅは、じかんがたちゅと、へりゅのはやーいよ？　あと、まほーにまほーときやすのむじゅかちー（魔法の水は、時間が経つと、減るの早いよ？　あと、魔法に魔法溶かすの難しい）」

「ああ、確かにバリアに包んでも魔力は抜けますからね。水魔法に聖魔法を溶かすより、ただの水に聖魔法を溶かせば、魔法同士の反発も考えなくていいですからね！」

反対側の近距離から今度はテイルスミヤ長官。

教皇様は呪いの解呪に、テイルスミヤ長官は魔法自体に興味津々なのね。

やんわりとだが、王様押し退けてズイズイ来る。

デュランさんの用意してくれたグラスの水に、指先から聖魔法を注いで、混ぜるようにクルクル。水がラメ入りみたいで不味そう。だが、光れば成功。

それを一口大の大きさにバリアで包んで完成。

隣で子供のように目をキラッキラさせている教皇様に渡す。

次々作って全部で20個くらい。

皆に配って、

「にょりょいかかっちゃりゃー、たべちぇ、ウニョウニョいっぱーのとちは、ばりあはっちぇ、じーめんにたたきちゅけて（呪いにかかったら、食べて、ウニョウニョがいっぱいの時は、バリア張って、地面に叩きつけて）」

説明しといた。

両隣にいた2人は、俺の真似して解呪の玉を作ってみてるので、聞いてたかは知らんけど。

会議が終わって、部屋を出る時に、皆に撫でながら褒められた。

あとは食堂行って飯食って寝たよ。

4章　肉日和

鉄板の上でジュージューと焼かれるぶ厚い肉の塊。

湯気にまで味があるかのように涎が口内に溢れる。

軽く塩コショウされ、ニンニクチップの載ったそれがシェフの手によって切り分けられる。

表面のほどよく焼けた焦げ色に対し、切り分けた断面の赤身の強いピンク色。

皿に取り分けられたそれを、箸で挟む。

箸で挟んだだけで、その柔らかさが伝わることに感動を覚える。

いただきます！


バチッと目が覚めた。

先ほどまで見ていた夢の余韻に打ちのめされる。

何で夢ってああもいいところで覚めてしまうのか。

あの柔らかい肉を一口食べてからではダメだったのか？　涙の滲む目をソラが舐めてくれる。

ザリザリの猫舌は、嬉しいけれど少し痛い。

「にきゅ」

つい呟いた声に、今度はハクが慰めるように触手でテシテシしてくる。

おはようございます。

夢見が悪くてテンションだだ下がりですが、今日はお外に行くので、入念な準備体操をします。

夢の恨みは現実で晴らします！

シェルが来てお着替えです。

街の外に行くので、演習の時に着ていた厚手のシャツとハーフパンツ、雨合羽風ローブを着ます。靴はちっさいのに作りのしっかりしたブーツです。

俺、ほとんど歩かないけど。

アールスハインもいつの間にか用意が整っていて、演習には行かなかったシェルも、今日は一緒に行きます。

食堂に行けば、助、ユーグラム、ディーグリーも用意万端整えて、笑顔で挨拶してくれました。

演習ではないので、荷物は自分の武器と小さな鞄（かばん）くらい。

周りの視線がとても訝（いぶか）しそうですが、構わず朝食をとり、学園の馬車ではなく乗り合い馬車に乗ります。

街中を走っているのにとても揺れます。

そんなに長距離乗るわけではないので我慢できるけど、これ、街の外に行く時はかなり厳しい旅を覚悟した方がいいかもしれない。

街の門を越える時に、皆が首から下げたドッグタグを門番に見せます。

学園生は、演習が始まる時に全員が冒険者登録をして、冒険者の身分保証として渡されるのがドッグタグ。

なんてことない金属板に見えるのに、実は魔道具で、倒した魔物の記録とか、犯罪行為の有無とか、ランクとかが自動で記録されるという優れもの。

ここにいる皆は、演習で魔物を狩りまくったので、冒険者ランクはCランク。

普通の学園生はFからDランク。

助は騎士科でダンジョンに行くのでCランク。

ダンジョンはCランクからしか入れないらしい。なので騎士科の入学条件に、Dランク以上の冒険者って項目があるんだって。

シェルもシレッとDランクタグ出してる。

アールスハインにくっついている妖精扱いな俺は登録させてくれなかった。おのれ！

街の門は東西南の3つあり、今回は森に近い東門から出て森に向かう。

徒歩1時間くらいの場所に里山規模の手入れされた森があり、そこにはあまり狂暴ではない魔物がいる。

馬車で2時間くらい離れた森でないと、熊魔物とかの大物は出ないそうです。

演習でもない限りDランクより下は街から出られないので、この森は新人冒険者を卒業し、駆け出しと言われる冒険者が多く集まる森。

冒険者登録は10歳からで、森に来られるようになるのが早くて14、15歳くらい。

同じくこれから森に行くのか、アールスハインらと同じ年頃の少年少女のグループがいくつか見える。

街道の両脇は草原。

アールスハインたちの膝丈の草原は、俺が入っていけば完全に埋もれる。

その中には角の生えた鼠、兎や狸などの魔物がいる。

庶民にはそこそこ人気だそうです。でも助は、美味くないからパスとのこと。

今日の狙いは豚の魔物と、鶏みたいな鳥の魔物。

猪の魔物は、豚の魔物より強い代わりに美味いらしいよ。

あと、助的には蜥蜴(とかげ)の魔物肉もオススメらしい。

駆け出しの冒険者たちは、何組かは草原に駆け出してった。

よく見ると草原組は、厚手の服やナイフ、ローブなどの軽装で、森へ向かう組は革鎧や剣、大きめな鞄を持っていて、それなりにちゃんと装備を整えている。

装備のあるなしで、森に入れるか入れないかも分かれるようだ。


そして森に到着。

入口に入った途端、ユーグラムが虫除けの香を焚き出して、ガサガサゴソゴソ周り中で音がした。

それを森まで来た冒険者たちがすかさず捕獲。

虫魔物はものによっては結構稼げるからね。

ユーグラムは周りから変な目で見られてるけど気にもせず、ディーグリーのお店で買ったお高い虫除けを、惜し気もなく使ってる。

まあ、俺だって自分の顔より大きいてんとう虫とか嫌だけどね。

先頭を歩くのは助。次にアールスハインとディーグリーが横並びで進み、そのちょっと後ろを俺が飛んで、ユーグラム、最後はシェル。

虫虫虫虫虫たまに鼠、虫虫虫。さすが森の中、虫が多い。

無表情なのに眉間に皺のユーグラム。

クケークケーと鳴く、やたら派手な鳥は結構いるが、「あれは食えない」の助の言葉でスルー。

他の冒険者は、なんとか仕留めようと罠とか弓矢とか魔法とか頑張ってるけどね。

森を歩いて1時間くらい。何かを発見した助が手を上げ皆を停止させた。

前方を見てみると、鮮やかな全身水色の足の長い鶏（？）が盛んに虫魔物を補食している。

大きさは助の胸の高さ、足が異常に太く、首は短い。ズングリとした魔物である。

肉は多そう。色は不味そう。

まだこっちの存在には気付いていないので、ここはサクッと魔法でね！

風魔法でサクッと首を狩りましたが何か？

「たしゅきゅー、しゃかしゃにぶりゃしゃげてー（助、逆さにぶら下げて）」

「いやいや無茶ゆーな！　こんなんぶら下げられる枝ねーわ！　お前にはあれがあるだろ、ガガ針！」

「ああ！　んじゃこりぇ（ああ！　んじゃコレ）」

「ああ、羽根むしるのは街に帰ってからだぞ」

「あーい、しんじょーしゃしたりゃ、はやきゅぬけりゅ（はーい、心臓刺したら、早く抜ける）」

「はいはい」

助にビッグガガの針を渡し、その場で血抜き。

首を落とされたのに、いまだバタバタ暴れているが、助はサクッと針を刺した。

この血抜きをいかに早く、いかに残りの血を少なくできるかで肉の臭みが全然違う。

その点この世界の方が断然便利！　なんせビッグガガという不思議生物がいて、その針というか嘴（くちばし）は、魔力と血を残らず排出してくれる！　仕組みは知らんけど、とても強い味方。

これを発見したことで、城の肉は格段に柔らかくなった。

なんせ俺でも噛みきれる！

まあ、魔物が死んでから時間が経った肉なので、臭みは完全には消えなかったけどね。

新鮮な肉なら、臭みはまだない。仕留めてすぐにこの場で血抜きを行えば、臭みもなくなるだろう。たぶんね。

魔物特有の臭みとかだったら、どうしょもないけど。

ビッグガガの針は優秀で、数分で血抜きが終了。血の跡を焼いて、マジックバッグにしまって次へ。

次に発見したのは豚の魔物。

白い地肌に赤い水玉模様。魔物って自己主張、激しいのね？

あとからシェルが教えてくれたことによれば、逃げ足の早い魔物は割と地味で、弱いけど大きい魔物は派手、強い魔物はそれぞれなんだって。

あと、魔力量を測った時の、白黄緑青赤虹の色と、魔物の色は力関係が比例するって。

柄ものの魔物は弱い方。

虹色の魔物とか出たら、国が滅ぶレベルって。

豚の魔物もその場で血抜き。

近くを通った冒険者のグループにすごく変な目で見られた。

その後昼休憩をして、何匹か狩って終了。

本日の成果は、豚魔物３匹、鶏魔物６匹でございます。

朝、手ぶらで出ていって、手ぶらで帰ってきた俺たちに、門番さんの憐れむような視線が。

「まあ、落ち込むな、初めは皆そんなもんだ」

慰めの言葉までもらってしまった。

まぁ誰も気にしないんだけど、ほぼ一緒に行って帰ってきた冒険者に、ものすごく怪しげな視線を向けられたけどね。


街に入って、ディーグリーの知り合いの肉屋さんへ。

前もって話をつけてくれていたので、休みなのにスムーズに中に入れてもらえた。

以前にも来た肉屋の店主は、イングリード並みの巨大筋肉で凶悪顔。

その悪の大物臭の店主はガジルさん。

ディーグリーが前もって説明しといてくれたのか、新しい肉の処理方法に興味津々。

とりあえず全員に洗浄魔法をかけて、

「うおおおー、なんだこりゃ！　いやにサッパリしたぞ！　こんな魔法があるんだなー。やっぱエリート学生はちげーや！」

「いやいや、今魔法かけたのケータちゃんだから！　ま、俺たちも教わってできるようになったけど！」

「ほう、チッセーのにすげぇな！」

「もげるもげる！　頭もげそうだから加減して！」

頭をグリングリン撫でられた。

ディーグリーに捕獲された。

「アハハハ、悪い悪い。子供には慣れてなくてな！」

悪の大物顔だからな！　心なしか肩が下がってるので、言わないでおいてあげるけど。

「それで？　新しい肉の処理方法ってのは、どうやるんだ？」

「ああ、はいはい。ケータちゃん？」

ディーグリーに促されて、徐(おもむろ)にマジックバッグから魔物を出す。

「おおおい、お前さん今どっからこれ出した!? まさかマジックバッグじゃないだろうな？ そんなもんホイホイ人に見せんじゃねーよ！ 拐(さら)われるぞ！」

脅されました。顔怖いよ！

「まぁまぁガジルさん落ち着いて。大丈夫、ケータちゃんもそんな考えなしに街中で使ったりしないから！ ここはほら、俺が信用していい店だって話したから、ケータちゃんも安心してるんだよ！」

「お、おう、そうかよ。だが十分注意はしろよ！ 昔それで殺し合いもあったって話だからな！」

「あーい」

俺の軽い返事に、まだ多少不満そうではあったが、それ以上は言わず、肉に視線を向けたので、さらに肉を出していく。

「おいおいおいおいおい。どんだけ出すつもりだ？ こんなに一度に処理しきれねーよ！ とりあえず1匹ずつにしろ！」

怒られたので、1匹ずつ残してあとはしまった。

「ん？ なんだこりゃ！ 血が完全に抜けてんじゃねーか！ こんな完璧な血抜きどうやった

んだ!?」

驚愕って顔のガジルさん。

俺はドヤ顔でガガ針を掲げてやりましたよ。

「ん？　なんだ？　槍のつもりか？　そんなチッセー槍じゃ、虫の1匹も殺せねーだろ？」

「ちぎゃーう、こりぇでちーぬきしゅりゅ！（違ーう、これで血抜きする！）」

「んん？」

「あー、ガジルさん。このケータちゃんの持ってるビッグガガの針を魔物に刺すと、このように綺麗に血抜きができます」

「何！　それは本当か？　試してみてもいいか？」

「どーじょー」

ガガ針をガジルさんに渡してやると、早速その辺に転がってる兎魔物にぶっ刺した。

ドバドバ血が流れて、数分で止まる。

「うおっ！　本当に血抜きできた！　すげー！」

子供のように感激する悪の大物。そのギャップにシェルが痙攣するほど笑っております。

一頻りはしゃいだガジルさんが正気に戻り、

「そんで俺はこれを肉にすりゃいいのか？」

と何食わぬ顔で聞いてきた。シェルが痙攣しっぱなしです。

「かわはいでー、ぶいぎょとにーわけてほちー（皮剥いで、部位ごとに分けてほしい）」

「皮を剥いで、部位ごとに分けてほしい？」

「しょー、しゅじとけんは、たしゅきゅがやりゅ（そー、筋と腱は、助がやる）」

「俺かよ！」

助の抗議の声に、俺の両手を前に出す。

「あーはいはい、その手じゃ無理だもんな」

諦めたように肩を落とす助。

「しゅじ？　けん？」

悪の大物顔で俺の言葉をなぞっております。シェルの息が絶え絶えです。

「まあ、部位ごとに分けりゃいいんだな？」

そう言って、見た目にそぐわぬ丁寧な手付きで羽根をあっと言う間に抜いていき袋に詰めると、残った産毛のような羽根を火魔法で焼きます。

あとは内臓を取り出し、部位ごとに分けていくだけ。

血抜きが完璧なので、思ったよりもグロくない。

他の皆は？　と見ても特に引いたりはしていない。

この世界の人たちは、魔物に日々脅かされているので、子供の頃から魔物の解体などは日常のうちに入るらしい。

鼠や兎の魔物くらいなら、庶民の主婦でも解体できる人は多い。

調理場にも近づいたことのない貴族令嬢たちでさえ、幼年学園では簡単な魔物の解体が、授業であるらしい。

魔物は脅威だけど、資源でもあるからね。

そんなことを聞いてるうちに、解体がほぼ済んで、ここからは助の出番です。

大きな作業台に載せられた巨大な肉の塊。

城でもやったので、サクサク筋と腱を取り除いていく。

「おいおい、そんなに切ったら肉が小さくなって売り物になんねーだろー」

「いやいや、これをちゃんとやっとくと、肉が驚くほど柔らかくなるんですよ！」

「肉が柔らかく？　肉が柔らかくてどうすんだ？」

「柔らかい肉は、美味いんですよ！」

「美味い？　本当か？」

「調理場を貸してもらえるならご馳走しますよ？」

「おう、確かめさせてもらおうじゃねーか！」

話がまとまった模様。

結構な大物だったが、途中からガジルさんも見様見真似で手伝い出して、それに俺が口出して、なんとか夕方までには2匹分の処理が済んだ。

夕飯に間に合うように、味見の分だけ肉を焼く。

肉の柔らかさと、臭みを確かめるため、味付けはシンプルに塩だけ。

一口大に切り分けて、おのおのがパクリ。

ガチンと歯の噛み合う音がして、皆予想外の柔らかさに驚いている。

「「「……………………………」」」

一同無言。

前世の地鶏くらいの柔らかさにはなったかな？

臭みもほぼなく、とてもいい仕事をしたと1人満足していたら、

「あー、美味いわ～。これこれ！　臭くない肉っていいわ～」

「ウエ～イ！」

助とハイタッチしてると、

「やばっ、なにこれ！　これが肉？　こんなん生まれて初めて食べたんだけど!!　やばっ！」

ディーグリーがやばいやばい大騒ぎ。

「ああ、ケータの言っていたことが理解できた。これは美味い。家で出された肉もかなり美味いと思ったが、これとは別物だな！　美味すぎる！」

アールスハインが絶賛しております。

ユーグラムは無言無表情だが、目を瞑って延々と噛んでいる。

シェルは、なんか含みのある笑顔でフフフフフって笑ってる。

「オオオオオ！　こりゃ肉の革命だ！！！」

ガジルさんが雄叫びを上げた。

そしてガジルさんが土下座をしております。

「頼む！　この技を伝授してください！」

「このしぇかいにも、どぎぇじゃあんのにぇ（この世界にも、土下座あんのね）」

「いやいや、けーた？　今そこじゃないから！」

「しゃっきやっちゃのとー、あとはーがぎゃはりしゃしゅらけよー（さっきやったのと、あとはガガ針刺すだけよ）」

「そうね、ほぼここでやったしね」

「えーと、それはこの処理方法を広めてもいいってこと？」

ディーグリーが尋ねるのに、

「どーじょー」

と軽く返してやると、

「いやいやいや、チビッ子。これは肉の革命だぞ！　こんな処理方法、今まで誰も知らなかったんだ。この柔らかい肉を売りに出したら、どれだけ儲けられるか！　恐ろしいことになるぞ！」

正座のままガジルさんは訴えてくるが、

「ばんばってーひりょめてにぇ（頑張って広めてね）」

と言えば、ビタンとデコに手を叩きつけ、

「こりゃ参った！　儲けより多くの人々へ美味いものを広めろってか⁉　スゲーなチビッ子、よし分かった、俺に任せとけ！　この街中にこの柔らけー肉を広めてやるぜ！」

俄然やる気になった。

ガジルさんの言うような高尚な目的はないが、結果は同じ。柔らかい肉が広まれば、より食える料理が増える！

俺に困る要素はないので黙ってニッコリするのみである。

ディーグリーの実家はこの国一番の大商会だ。

その商会の傘下であるこの肉屋が、柔らかい肉を広めてくれる。

素晴らしいことである。

ディーグリーに、ニヤリと笑って見せれば、ニヤリと返される。

ガジルさんに残りの獲物を練習用にと置いて学園に帰る。

解体後の２匹分は確保しました！

途中にあったディーグリーの家の店によって、ディーグリーが兄宛に手紙を書いて至急届けるように頼んでいた。

柔らか肉が広がるのは近いうちかもしれない。


学園に戻り寮の食堂へ。

シェルが頼んでくれて、今日手に入れた柔らか肉を調理してもらって夕飯に。

「あああ〜うまぁ〜！　この肉食ったら他の肉食えないかも〜。明日からどうやって生きていけばいいの〜」

ディーグリーが幸せそうに愚痴(ぐち)をこぼす。

ユーグラムは無言無表情でずっと噛んでる。

アールスハインも無心に食ってるし、シェルは怪しい笑顔で食ってるし。

「なーなー、けーたよ。なんか大事になる予感がすんだけど？」

「おいちーものふえりゅよかんれしょ？（美味しいものが増える予感でしょ？）」

「まぁ、確かここの食堂の肉はディーグリーの商会から仕入れてるから、そのうち柔らかい肉が出てくるかもしんねーけど」

「もちろんそこは抜かりなく手紙に書いてるよ〜」

パチンと音がするようなウィンクをディーグリーからいただきました。

後ろの方で見ていた令嬢たちの悲鳴が聞こえるが、気にしない。

「まぁ俺も美味いものは嬉しいけどよ」

「にゃにがちんぱいよ？（何が心配よ？）」

「んー、そもそも獲物をすぐに血抜きできないのは、危険地帯で呑気に血の匂いをさせてられないからだろ？　いくら肉屋のガジルさんが広める気満々でも、獲物を持ってくる冒険者には、面倒事を増やされただけって解釈になんねー？」

「あーそっかー。食べたことない人には理解できないかもね〜」

「それに、普通の冒険者はあんなにアッサリ獲物は狩れないからな？」

「そー言われればそーかもー」

「そしたらこの柔らかい肉が広まるのは、かなり無理じゃね？」

「んー、でもこの肉を食べちゃうと、他の肉を食べる気にならないしな〜。なんか肉以外にもう1個分かりやすい得がないとダメかなー?」

「得って例えば?」

「え? う~ん、駆け出しの子たちは、平民のしかも貧しい家庭の子とかが多いって聞くし、手っ取り早く買い取り金額が倍になるとか?」

「いや、それじゃ大物の肉はずっと固いままだぞ? 大物の肉こそ柔らかくして食うべきじゃねー?」

「確かにー! ベア系とかリザード系とかの柔らかい肉は食べてみたいかも~!」

ディーグリーの言葉に、それまでただ食うことに集中して話を聞き流していたアールスハイン、ユーグラム、シェルの目がグワッと大きくなった。

「それはぜひ味わってみたいですね!」

「ああ、興味深い!」

「狩りに行く時はぜひお供させてください!」

やる気満々になった。

「いや、まだ行くって言ってませんけど」

助がおずおずと言っても、誰も聞いちゃいない。

おのおのの予定の擦り合わせなどを始めてらっしゃる。

次の狩りは、思ったよりも早目になりそうです。

部屋に戻ってシェルが一言。

「そう言えばケータ様のマジックバッグは、時間が止まるんでしたね？」

アールスハインの目がキラーンと光った気がした。

近々遠くの森で、ベア系とリザード系の大量虐殺が起こりそうです。

おはようございます。

今日の天気は晴れです。

いつもの準備体操と発声練習をして、着替えて食堂へ。

ユーグラムとディーグリー、助に挨拶して朝食。

「あああ、肉が固い臭い！」

ディーグリーの叫びに、慌てて防音バリアを張ります。

「昨日の朝までは、これを美味しいと思って食べていたのですよね」

ユーグラムが一口食べただけのベーコンを、フォークでつつきながら切ない声を出します。

「人は一度贅沢を知ってしまうと戻れなくなると言いますからね」

助がしみじみと言います。

アールスハインとシェルは無言で食べてますが、眉間に皺が寄ってます。

「そうだね、そうやって没落貴族は借金を重ねるんだよね～」

問題をすり替えながら、ディーグリーが呑み込むように朝食を平らげます。

いつもよりだいぶ早く朝食を済ますと教室へ。

早いもので今週いっぱいとひと月の休みを終えると前期の終了です。

つまり学園に通うのもあと、5日。

演習漬けの日常は終わり、これからは座学が中心の授業になるそうです。

特に興味のない授業が終わり、昼休みぞろぞろと食堂へ向かって歩いていると、

「なんか俺、こんなに食事が憂鬱(ゆううつ)なの初めてかも～」

「分かります。私もまた朝のような固くて臭い肉を口にするのかと思ったら」

愚痴をこぼしながら、ユーグラムなんか口を押さえてしまいました。

その姿を見て令嬢たちの悲鳴が聞こえます。

が、食堂への廊下の途中にシェルがい～い笑顔で立っています。

「どうした、何かあったか？」

「はい、本日の昼食ですが、調理部屋を一つ押さえました」

ニ～ッコリと笑顔で告げるシェルに、全員が首を傾げます。

「昨日は急いでおりましたので、食堂の料理人に頼んでしまいましたが、今朝になって何度もあの肉の入手経路を尋ねられまして、城からだと誤魔化したのですが、すぐにも問い合わせる勢いでしたので、城の料理長に相談したところ、急遽学園に来てくださるそうで、ならば皆様の昼食を作ってくれる代わりに、肉をご馳走する約束をいたしました。ですからどうぞこちらへ」

そうシェルに先導されて行ったのは、まさに調理部屋。

オープンキッチンのついた、それほど広くない部屋。

間もなく助も合流して、

「へ～こんな部屋あったんだね～」

部屋に入りながらディーグリーが呟けば、

「食堂での食事が合わない方や、故郷の味が恋しくなって食事のとれなくなった方などのために、ご自分で作ったり料理人を呼んだりできるように作られた個室なんです」

とシェルが説明してくれた。

調理台の前には既に城から来た料理長がスタンバってる。

「ケータ様、早速問題の肉を出していただきましょう！」

問題って何さ！　と思わないでもないが、美味しい料理のためにサクッと出したよ。

最初に味を知るために、料理長が肉の切れ端を焼いて一口。

カッと目を見開いて、猛然と料理し出しました。

その様子をポカーンと見る俺たち。

ちゃっかり自分の分も確保して、全員でいただきます！

「ううううう〜ま〜っ、この柔らかい肉だけでも美味いのに、さすがお城の料理長、この肉に合った最高のソース！　やばい！　俺、人生で一番美味いもの食ってる!!」

行儀は悪いが、立ち上がって叫ぶディーグリーの言葉に俺と助以外が全員頷いている。

ユーグラムは目を瞑ってひたすら噛み続けてるし、アールスハインとシェルも、食べながら恍惚（こうこつ）とした顔をしてるし、料理長は泣いてる。

「ケータ様、私は世界中を回って料理の修行をしてきましたっ！　ですが、こんなに柔らかく美味い肉を食べたのは初めてです！　以前ご教示いただいた肉と、この肉は何が違うのでしょうか？」

泣きながらすがるように聞いてくるゴリゴリのマッチョ。怖いです！

「ちーぬきしゅりゅじきゃん？（血抜きする時間？）」

「血抜きをする時間、とは？」

「料理長、この肉は、ケータ様が仕留めた瞬間に血抜きをしたものです。ですから血の臭みが全く感じられないでしょう？」

「なんと！　それだけのことでこんなにも肉の臭みが変わるのですか？」

「ちーにょにおいが、にきゅにうちゅりゅかりゃね！（血の匂いが、肉に移るからね！）」

本当は、血に繁殖した細菌のせいだけどね！　細菌の知識のない世界なので、便宜上そう言っておく。

「血の匂いが肉に移る。なるほど、だから匂いが移る前に血抜きするのが重要なのですね！」

「ですが現状、仕留めてすぐに血抜きをするというのは、なかなか厄介ですよね？」

昨日の夕飯時に出た問題を、シェルが料理長に投げかける。

経験豊富そうな料理長も、難しい顔をしている。

「そうですな。肉のためだけにその場で血抜きをしてこいと言うのも難しいでしょうな。この肉を食べさせれば、喜んで肉の確保に走りそうな者は何人か知っておりますが、それでは数が足りません」

類は友を呼ぶのか、料理長には美味いもののためには危険をかえりみない友達がいるらしい。

「少々相談してみます。ところでケータ様、この調理方法は広めてもいいのですか？」

「どーじょー」

「分かりました、それならば私も微力ながらお力になりましょう！」

そう言って料理長は、夕飯の分の弁当まで作ってくれて帰っていった。

なんか頼りになりそうな人が味方についた！


午後も退屈な授業。

剣術大会も魔術大会も終わって、学園全体に弛んだ空気が流れてるのに、このクラスは全員が真剣に授業を受けている。とても真面目。

俺は大きくなったソラをベッドに昼寝してたけど！　今さら学生に交じって授業とか無理！

午後の授業も終わり放課後。

ディーグリーがソワソワと、

「このあとどうします？　さすがに食堂であの弁当を食べるわけにはいかないですし？」

「楽しみなのは分かりますが、まだ時間が早いでしょう」

ユーグラムに窘（たしな）められる。

「まあそうなんだけど、人に邪魔されず、静かに味わいたいじゃない？」

「まあ、それは確かに」

「それならたぶんシェルが手配しているだろう」

「ああ、それなら安心ですね！」

ディーグリーが明るい顔で安心してる。

そこへ、

「ディーグリー・ラバー様、兄上様からお手紙が届いています」

学園の雑用を取り仕切っている侍従さんが、手紙を届けに来た。

普通は寮の部屋へ配達されるんだけど、至急の場合は侍従さんが直接持ってきてくれる。

手紙を読んだディーグリーは、あちゃーとばかりにデコに手を当てて、それにユーグラムが、

「何かまずいことでもありましたか？」

「う～ん、まずいって言うか～、昨日俺が書いた手紙を読んだ兄貴が、ガジルさんのところに押しかけて肉を食ったらしく、大至急説明しろって。学園街のカフェにいるらしい」

「今ですか？」

「そう、今。本当は昼休みに来たかったらしいけど、さすがにそれは遠慮したらしい」

「さすが、国一番の大商人。商機は逃しませんね」

「ま～ね～、あの肉は普通の肉の10倍の値段付けたとしても売れるだろうしね～。ってことで行ってきます～」

「ああ、付き合おう」

「え、いいんですか？　俺は助かりますけど、時間とか大丈夫ですか？」

「ああ、特に用事もないしな」

「ありがとうございます！」

そして着いたのは、オシャレな内装のカフェで、個室もある貴族御用達って感じの店だった。

案内された個室には、見たことのない、でも一目でディーグリーの身内と分かる男性がいて、物腰は柔らかいけど、やり手臭が半端なかった。

アールスハインの登場に動揺したのも一瞬で、人好きのする笑顔で、

「これはこれはアールスハイン王子。私などの呼び出しに足を運んでくださるとは！　光栄の極みにございます！」

と深々と頭を下げた。

「ああ、公式の場ではないし、気楽にしてくれ。それに今回の件、私たちも関わっているからな」

「ありがとうございます。ガジルから粗方のことは聞いておりますが、処理の仕方一つであれほどの変化が起こるとは！　私も今まで世界中を旅して多くのものを見て参りましたが、まさ

に初めての体験でございました！」

「兄貴、兄貴、興奮するのはしょうがないけど、王子をいつまで立たせたままにしてんのさ！

まずは座って話そうぜ！」

「ああ！　これは失礼しました。どうぞお座りください」

やっと席について、おのおのに注文し、一口お茶を飲んだところで、

「それで兄貴、あの肉を定期的に手に入れる方法は？」

「それなんだが、一つアールスハイン王子に確認したいことがあるのですが、よろしいですか？」

「ああ、構わない」

「ありがとうございます。それで確認したいこととは、本当にあの処理方法を広めてしまってもよろしいのですか？　こう言ってはなんですが、あの処理方法を秘匿し、王族主催のパーティーでのみ提供すれば、話題にもなり、ひいては王族への求心力にもなりましょう」

「あー、一つ誤解があるようだが、あの処理方法はここにいるケータの知恵だ。王族だからとそれを奪う権利はない。ケータが広めて構わないと言うのであれば、私たちも止める理由はないな」

アールスハインが丁寧に説明してくれたので、ドヤ顔してテーブルに立ったのに、ディーグ

リー兄は、唖然とこっちを見るだけ。

「…………ガジルに説明を受けた時は信じられませんでしたが…………そうですか、こちらのケータ様が」

「ケータ様の知識はそれだけに留まらないけどね～」

ディーグリーに褒められたので、再びのどや顔。ユーグラムが拍手してくれた。

弟の言葉にやっと事態を呑み込んだのか、

「そ、そうですか、こちらのお子様が」

と困惑顔で俺を見る。

「ケータ様は、ただのお子様じゃなく突然変異の妖精族なんだよ。親父と同じくらいの歳だし、信じらんないよね～、こんなにかわいいのに～」

そう言って頬をツンツンするのはやめていただきたい。

「ああ、なるほど。だからこそ人とは違う知識をお持ちなんですね！　はー、感服いたしました！」

なんか微妙に違うけど納得してくれたし、まぁいいや。アールスハインも苦笑してるけど、まぁいいや。

「それでケータ様、本当に広めてもよろしいのですね？」

「どーじょー」

軽く返すと、何度か頷いたあと、分厚い書類を取り出して、

「それでは契約をしていただけますか？」

「にゃんのー？」

「新しい肉の処理方法と、それを販売するための契約です。もちろんケータ様には販売数に応じて権利料を支払わせていただきます」

なんと、この世界に特許みたいなものがあるそうです。

そう言えば、マジックバッグを作った時に、テイルスミヤ長官から聞いたような気はする。

自分の貯金がいくらあんのか知らんけど。

シェルがたまに減った分を補充してくれようとするけど、ほぼ減らないっていうね！

ディーグリー兄に言われるままにサインしていく。

隣でディーグリーが契約書を確認してくれてるけど、その辺は信用してるので、何も考えずサインだけしていく。

字が綺麗ねってユーグラムに褒められた。

そんなこんなで時間もちょうどよくなったので、シェルの手配してくれた個室で、皆で美味い弁当を食べ、部屋へ帰って寝たよ。

5章　冬休み

おはようございます。

今日の天気は晴れです。

昨日のディーグリー兄との話し合いで、肉の入手経路をうっかり聞き忘れていました。

それを朝食の席で思い出し、皆が落ち込んでおります。

さらに食欲が落ちた模様。

仕方ないので、昼は昨日と同じ部屋を借りて、自分たちで昼食を作ることを提案してみたら、
一気にテンション爆上がり。

作るのは主に助とシェルだけど！

他の人は、ねぇ。

王子と教皇様の息子と、国一番の商人の息子に料理の経験などあるわけがない。

後期の授業では、来年の演習のために調理実習もあるらしいが、今はまだ全く経験がない状態。

何を作るかで意見交換が盛り上がっているが、この世界の調味料は、塩と胡椒(こしょう)とハーブって

いうね。

味噌（みそ）と醤油（しょうゆ）はどこですかー!?

そろそろ米への憧れがひどいです。

助に聞いても、見たことないって言うし。

そのうち米を探す旅に出るべきかしら?

四男秀太の言うことには、異世界では米を米と認識してない場合があるから、探せば見つかるとか、米は家畜の餌として扱われてるから、それを手に入れて食べさせると驚かれるとか、世界のどっかには日本的な国があるはずとか。

あまり真剣に話を聞いてなかったのでうろ覚えだが、探してみる価値はありそう。

そんなことを考えていたら、いつの間にか午前の授業が終了していた。

ディーグリーがスキップしそうな勢いで調理部屋へ向かう。

途中、シェルと助も合流。

さてさて何を作りますか?

手を綺麗に洗ったら、昨日は鶏魔物だったので、今日は豚魔物を取り出して、簡単にポークソテーでいいだろう。

あまり時間をかけたくないしね。

ハーブ扱いだった、里芋みたいな形のジジャの根っていう生姜と、オニオっていう玉ねぎ、以前に買っといた青パパイヤを皮を剥いて擦りおろし、赤ワインと混ぜてタレを作る。

塩と胡椒を振った肉を焼き色だけつけるように強火で焼いたら、タレを絡ませ中まで火が通るように弱火で汁がいい感じに減るまで煮る。

味付けは全て俺。

シェルは千切りキャベツ担当。

焼くのは助。

あとは彩りにトマトと茹でたブロッコリーを飾り、パンを添えてワンプレートごはん。

いつもの食事よりもシンプルだけど、味はそこそこいいと思うよ。

擦りおろした玉ねぎ、いやオニオと青パパイヤは、肉をさらに柔らかくする作用があるしね！

皆様無言で食べております。

若干涙目なのが笑う。

厚めに切った肉を、1人3枚も出したのにあっと言う間に食い切った。

ポヤ～とした顔で皿を見る面々。

「ケータ様は天才だね。昨日の料理長の料理を最高とか思ってたのに、さらに上回ってくるとは！」


ディーグリーが深刻な顔で言ってくる。

それに皆がうんうん頷いて、助が苦笑ってる。

味噌と醤油があれば、さらに美味しく作る自信があるぜ？

まぁ口に合うかは分かんないけど。

あ～それにしても、学園のパンがかっっったいのが残念で仕方ない。

パンの改善もしないといけませんか？

お城のパンは柔らかくなってきたので、料理長、肉と一緒に頑張ってくれないものか。

夕飯も結局ここで作ることになって、午後の授業へ。

授業中暇なので何かやりたいが、下手なことをすると大騒ぎになるので、大人しく昼寝。

ソラベッドは最高です！　柔らかくて、暖かくて、お日様の匂いがします。

ハクも実は巨大化できるので、ハクベッドは夏に希望。ひんやりして気持ちよさそう。

夕飯は鳥塩唐揚げにしました。

塩胡椒と、バジル的な葉っぱ、青パパイヤとガリケというにんにくと、ジシャの根を擦りおろし、白ワイン少々を大きめの一口大に切った鶏魔物の肉に揉み込む。

しばらく置いてから、ホットケーキの時に使った小麦粉をまぶし、適温の油にジュジュっとね！

ジュワジュワ音を聞いてると、自然と涎が口の中に溢れてくるね！　でも我慢。

ばぁちゃんのレシピは二度揚げです。

低温の油で中まで火を通し、高温の油でカラッとね！

絶対大量に食うだろうと思って、大量に揚げております。

あとは千切って混ぜるサラダと、オニオスープ。

固いパンは俺はいりません。

それではいただきます！

それはそれは壮絶な取り合い、にはならなかったけど、俺では抱えきれない大きさのボウルいっぱいあった唐揚げは、あっと言う間になくなりました。

俺は3個で腹ぱんぱんだったけど、皆何個食ったんだろう？

後片付けはシェルと助とディーグリーがしてくれました。

俺は寝落ちしました。

その後の2日間は、朝食以外は調理部屋へ。

俺の作れる料理は基本、味噌醤油味なので、レパートリーの心配をしてたけど、2日間同じメニューを希望されました。

気に入ったようなので、まぁいいか。

おはようございます。

今日は薄曇りです。

お休みの日なので体操と発声練習も休み。

いつもよりゆっくり起きて、着替えて朝食を食べたら城へ。

今日から冬休みです。

朝食の席では、ユーグラムとディーグリーが、しばらく俺の料理が食えないことを盛大に愚痴ってました。

シェルが笑ってたけどね。

それでも、ディーグリー兄がいるので、この2人なら柔らかい肉は手に入りやすいだろう。

あとはおのおののお家の料理人さんに頑張ってもらってね！

馬車に乗って城へ。

さすが王家の馬車！　初めて乗った時はどうかと思ったけど、乗り合い馬車や学園の馬車に比べたら天国です！　まぁ、それでも長時間はキツいけどね。

助は実家に帰らないのか聞いたら、まだまだ兄貴より弱いから帰らなくていいそうです。

城に助の部屋もあるので、それでいいって。

城の王族専用門に到着し、馬車を降りた途端、双子王子にムギュッとハグされ、続いてアンネローゼにムギュッギュッギューっとされ、久々に命の危険を感じました。

シェルがササッと助けてくれたけど、あらためて３人を見ると、双子王子が明らかに大きくなっており、アンネローゼも大きくなっていた、横に。

双子王子は健康的な成長だが、アンネローゼは明らかに横にのみ大きくなった。

３人で声を揃えて、

「「「ハイン兄様、ケータ様、シェルにティタクティスも、お帰りなさい！」」」

と言ってくれたのは嬉しかったが、アールスハインが不用意にも、

「アンネローゼ、太ったな」

と言ってしまったので、アールスハインはアンネローゼに足をおもいっきり踏まれて、そのままアンネローゼは走り去ってしまった。

助と俺の呆れた視線と、シェルのサイレント爆笑に頭を掻いていた。

双子王子に手を引かれ、城内へ。

すれ違うメイドさんや侍従さんたちが、微笑ましげにこっちを見ながら、口々にお帰りなさいませって言ってくれる。

嬉しいですが、その視線はいたたまれません。

助まで密かに笑い出したし。

一番最初に王様に挨拶に行きます。

王様執務室は初めて入ったけど、豪華絢爛(けんらん)ってことはなく、実に機能的な部屋でした。

まぁ、置いてあるものは、どれも恐ろしく高いんだろうから、触らないけどね！

「父上、ただ今学園より戻りました」

「ああ、お帰り。皆元気そうで。活躍のほどは聞いているぞ」

笑顔で迎えてくれた王様。

アールスハインは剣術大会優勝したしね！　と思ったら、

「ケータ殿の活躍も耳に入っておる」

と笑顔で言われたけど、活躍した覚えはありませんよ？

「ラバー商会で何やら画期的な肉の処理方法を発表したとか、味わえるのを楽しみにしているに。

よ！　だがこれでまた、アンネローゼがさらに太りそうだがな」

ハッハッハッとか笑ってるけど、それ俺のせいじゃないよね？

忙しそうな王様の執務室をあとにして、昼ごはんが近いので、他の人たちへの挨拶はその時に。

一旦部屋に戻り、ちょっと休憩。

王様の執務室に入る前に双子王子とは別れたので、部屋は静か。

シェルはすぐにどっかに行っちゃって、アールスハインは机に置かれた書類を見てる。

助はソファでボーッとしてる。

俺は、とても落ち込んでる。

さっき久々に会った双子王子の成長に比べて、自分の体に成長が見られないことに。

普段は周りが大人並みに大きい人たちばかりなので、気にも止めてなかったけど、この世界に来て４カ月。幼児の４カ月間の成長って、著しいものでしょう？　なぜ俺は成長が見られないのか？　聖獣だから？　このまま成長が止まってたらどうしよう。

落ち込みすぎてグッタリしていると、

「おう、けーたどうしたよ。珍しく落ち込んでるじゃん？」

ボケッとしてた助に聞かれた。

心なしか助も4カ月前よりガッチリしてきたように見える。

恨みがましい目で見ていると、

「あ～、分かった！　チビッ子王子の成長と自分を比べて落ち込んでんだろ？」

ニヤニヤしながら聞いてくるので、無言で背を向けハクを揉む。

「アハハ、まぁまぁ落ち込むなって。そもそも聖獣の生態なんて誰も分かってないんだし、今後どうなるか分かんねーだろー？　ある日突然孵化するみたいに成長するかもしれないし」

「しょりぇはしょりぇできみょちわりゅい（それはそれで気持ち悪い）」

「…………確かに」

「ブフゥククク」

音もなく部屋に入って来たシェルに笑われた。

「昼食の用意が整いました」

アールスハインに抱っこされ、食事室に到着。

入った途端、クレモアナ姫様にアールスハインごとハグされた。とてもいい匂い。

続いて第三妃であるリィトリア王妃様にハグされ、イングリードに肩をバンバン叩かれた。

アールスハインが。振動がすごいので抱っこされてない時にお願いします。

おのおのの席につき、昼食が始まる。

お城のパンと肉はそこそこ柔らかいので、安心して食べられる。

双子王子もモリモリ食べる。

アンネローゼもモリモリ食べる。

アンネローゼがモリモリ食べる。

アールスハイン以上の量食べる。

その時、バンとテーブルを叩き立ち上がるお姫様。

「もう我慢できませんわ！　アンネローゼ、あなた、この頃食べすぎよ！　だからブクブク太ってしまって！　姫としての自覚がなさすぎるわ！　姫が太っているなんて、とても恥ずかしくてよ！」

ものすごい剣幕で怒り出した。

「まぁまぁ、クレモアナ。食事中にはしたなくてよ、食事が済んでからになさい」

「リィトリア母様、それでは遅いのです！　今もご覧になって、アンネローゼったらアールスハイン以上の量を食べてますのよ！　今止めなければ！」

「ローゼはまだ成長期なのですから、それほど心配しなくてもよいのではなくて？」

リィトリア王妃様は、子供はプクプクでも構わない方針のようだが、クレモアナ姫様は許せないらしい。

「いいえ！　ケータ様がお戻りになったからには、噂に聞く画期的な方法での料理の改良が成されるでしょう！　それは大変喜ばしいことですが、今以上にアンネローゼが太る可能性も大いにあるのです！」

フンスと鼻息荒く言い切ったクレモアナ姫様。

「そうねー、確かにこれ以上はねぇ」

と、リィトリア王妃様までがアンネローゼを繁々と眺める。

散々な言われようのアンネローゼは、顔を真っ赤にブルブル震えて、

「お姉様もリィトリア母様もひどいですわ！　わたくし、そんなに太ってません！」

「自分で思っている以上にあなたは太っているわ！　以前ケータ様がパンと肉の改良してからというもの、あなたの食欲は増すばかり。証拠にあなたのドレスは丈が同じにもかかわらず、サイズが３つも大きくなっているじゃない。戦闘訓練でもすぐに息切れしてさぼろうとするし、何よりもその二重顎が証拠よ！」

アンネローゼ、ぐうの音も出ません。

「ですから、明日からのあなたの食事はパンと肉は半分、当然おやつ抜きです！　そして明日からの戦闘訓練は倍に増やします！」

「そ、そんなひどい！　わたくし死んでしまいますわ！」

「今の半分の量あれば、普通の令嬢の食べる量より多いくらいです！　それだけ食べれば死にはしません！」

うわあああと泣き出すアンネローゼ。

「泣いてもダメよ！　これは決定です、お父様よろしいですわね！」

「あ、ああ」

クレモアナ姫様の剣幕に王様も逆らえません。

というか、男性陣はこういう時は口を出してはいけません！

黙々と食事を済ませ、隣のサロンへ。

泣きながらもしっかり完食したアンネローゼもサロンへ。

これからデザートだからね。

本日のデザートはプリン。

俺が教えたプリン。

1人1人配られたその大きさが、おかしいプリン。

固めのプリンなので切り分けられるのはいい。でもなぜ、厚さ10センチ一辺の長さが20センチもある二等辺三角形か。

しかもまだ大量におかわりの用意があるって！

皆が一口食べる前にクレモアナ姫様から一言。

「アンネローゼ、あなたのデザートはそのワンピースで終わりよ」

「な！　まだあんなにありますのに⁉」

「太るからよ！」

アンネローゼがすごい目でクレモアナ姫様を睨みながらブルブルしております。

「横暴ですわ！」

「なんとでも仰い。それも全て太っているあなたが悪いのよ」

ひどく冷めた眼差しを返されて、何も言い返せないアンネローゼ。

とても怖い。

空気を読んでか双子王子も大人しくプリンを食ってる。

俺は半分も食べられずに、残りはアールスハインに押し付けた。

お喋りもそこそこに退散しました。


その翌日から、アンネローゼのダイエット生活が始まった。

野菜中心の食事にグヌグヌして、双子王子のおやつタイムに乱入してクレモアナ姫様に首根っこ掴まれて引き摺られ、戦闘訓練はそれまでのストレスを発散するかのように鬼気迫るものがあったとか。

ただし肥えた体がついていかずに、クレモアナ姫様が手配したゴリゴリマッチョな女性騎士に追いかけ回されて、終(しま)いには廊下で倒れてメイドさんに踏まれたりしたらしい。

それをシェルが笑いすぎて痙攣しながら話してた。

実際に行き倒れてたアンネローゼを見て、引き付け起こすほど笑ってて、デュランさんに後頭部をひっぱたかれてたし。

アールスハインは仕事して、騎士の訓練に参加して魔法の訓練して、の繰り返し。

たまに勉強。真面目すぎ。

15歳男子の生活じゃない。

俺は双子王子に連れ回されて、アールスハインの魔法の訓練についてって、昼寝して、料理長とメニュー開発して、ソラとハクと遊んで過ごした。

来週には年末年始の大々的なパーティーが開かれるからか、城内がザワザワと落ち着かない。

他国からのお客様も来てるからか、チビッ子組は王族専用エリアからの外出を禁止された。

専用エリアだけでもかなり広いんだけどね。

そんな中、いつものようにアールスハインに抱っこされて魔法の訓練に向かっていると、いつになくバタバタと騒がしい。

しかもいつもはいない騎士たちが急ぎ足で通り過ぎていく。

そのうちの1人がこっちに駆け寄ってきて、

「アールスハイン王子、ケータ様。至急ご同行ください！　陛下がお呼びです」

「何があった？」

「私の口からはなんとも」

足早に騎士についていった先には、王様、宰相さん、将軍さん、テイルスミヤ長官、教皇様までいて、さらに第一王妃のロクサーヌ王妃様もいた。

「来たか、アールスハイン、ケータ殿。早速で悪いが、ケータ殿、ロクサーヌにかけられた呪いを解けるだろうか？」

部屋に入った時から気になっていたけど、王妃様は口から泡を吹いて今にも暴れ出しそうなところを縛られたうえに将軍さんに押さえられている。

魔法を使えないようにか、テイルスミヤ長官が何か魔法をかけ続けていて、教皇様が解呪を試みているが、王妃様の項(うなじ)の辺りにウニョウニョがビチビチしてるだけで解ける気配はない。

王妃様の後ろに回り、項から出ているウニョウニョを思い切って引っ張る。

ズリュリュリュー－－－っと、アールスハインの時とは比べ物にならないくらい長いウニョウニョが出てきて、尻餅をついた。

綱引きの縄くらい太く1メートルくらいあるウニョウニョは、先端の方は何股にも分かれて、床をビタンビタンしている。

素早く近寄ってきたテイルスミヤ長官がバリアで包んで、騎士数名を呼んでウニョウニョの入ったバリアの追跡を依頼した。

バリアを転がすように移動するウニョウニョ。

それを追って部屋を出ていく騎士。

王妃様は？　と見れば、気絶していた。

「父上、どうしてロクサーヌ母上は呪われたのですか？　私の時よりも強い呪いをかけられていたようですが？」

「ああ、説明するからまずは部屋を移そう」

そう言って王様は、王妃様を姫抱っこして部屋から出ていった。

デュランさんに案内された部屋でお茶を飲んでると、王様が部屋に入ってきて一口お茶を飲むと、

「実はロクサーヌは、クレモアナの挨拶回りから帰ってから、体が鈍ったと言い出して、騎士団の遠征に勝手について行ったんだが、遠征中、怪しげな馬車の集団を発見した。中を改めよ

うと近づいたところ、数人の騎士が突然倒れ意識不明になった。ロクサーヌは問答無用と判断し、馬車の集団に向かって魔法を撃ち込んだ。馬車は大破し、その検分をしようと近づいた時に、生き残っていた数人が一斉にロクサーヌたちに呪具を投げつけ、ロクサーヌは騎士を庇い1人でその全ての呪具を身に受けた。騎士たちはすぐさま近くの教会に向かい解呪を試みたが、叶わず、隊を半分に分け急遽城に戻ったというわけだ」

先端が何股にも分かれていたのは、いくつかの呪いがまとまったものだったのかもしれない。

「それで、ロクサーヌ妃の容態は？」

「呪いの気配は取り除かれました。あとは目覚めれば問題はないかと」

宰相さんの質問に、教皇様が答える。

重々しい空気が少しだけ軽減された。

「それで残りの騎士たちは？」

「気絶してた奴らはすぐに目覚めて問題はなかった。呪いも受けちゃいなかった」

「呪いを受けたのはロクサーヌ妃のみか？」

「王妃が騎士を庇ってちゃ意味ねーけどな！」

「だが、ロクサーヌ妃だからな」

質問するのは宰相さん、答えるのは将軍さん。

ロクサーヌ妃だからな、で納得してしまえる王妃ってどうよ？　と思わないでもないが、今はそれが問題ではない。

「賊は？」

「総勢33人の賊はロクサーヌ妃の魔法で27人死亡、残り5人の賊がロクサーヌ妃に呪具を投げつけたと同時に、昏睡状態に陥った」

「残り1人は？」

「………………………クシュリア様だ」

「確かなのか？」

「牢に入れた時に確認した。間違いねー」

「城を出奔したあとの痕跡が掴めなかったが、目的は国外脱出か？」

「おそらくな。方向的には隣国のササナスラ王国だろうよ」

「なるほど、ササナスラ王国か。あの国の公爵家にはクシュリア様の姉が嫁いでいたな」

「国を出る前に捕まえられたのはよかったが」

「なぜクシュリア様の周りから次々と呪具が出てくるか、ですね」

宰相さんの呟きのような言葉に、教皇様が苦い顔で一番の問題を述べる。

「こうなりゃルーグリア家を一度本格的に捜査する必要があるな」

「それならば、パーティーの時にでも密かに捜査させるのがいいだろう」

「そうだな、証拠を隠されちゃたまんねー」

「内部にも内通者がいることを考慮せねばな」

「分かってる。だから今回は俺と俺の直属の部下だけで捜査する」

宰相さんと将軍さんの間でサクサク作戦が決まっていく中、王様から待ったがかかる。

「それはならん。将軍が新年のパーティーに出席しないなど、何かあると知らしめているようなものだ」

「ですが、この作戦は早急にかつ秘密裏に行う必要があります。将軍とその部下であれば迅速にことを進められましょう」

「新年のパーティーに将軍と宰相が揃っておらねば、他国から我が国に問題があるのではないかと、余計な勘繰りを受ける」

「しかし、それならどうする？　近衛騎士はいまいち信用ならん。腕は立つが貴族の損得を優先する奴も多い」

――――バンッ――――

「それならば私が行こう！」

「「ロクサーヌ様！」」

突然部屋に入ってきて会話に乱入したのは、ついさっきまで呪われてた王妃様。

制止するメイドさんと騎士などものともせず、ズカズカと部屋に入り、王様の座っている一人掛けソファの背凭れと肘置きにバンッと手をつき、

「ルーグリア家には私が行く。止めたければ私を牢にでも入れるがいい」

と、王様を睨み付ける。

しばし睨み合う２人。

フゥとため息をついたのは宰相さんと将軍さん。

それを見たデュランさんが、王妃様に付いてきたメイドさんと騎士を部屋から出し、ドアを閉める。

「フゥーーー。お前は先ほどまで呪われて、自我を失っていたのだぞ？」

「もう治った」

「年始のパーティーに王妃が参加せずどうする」

「私が呪われたのはルーグリアの傘下にある伯爵領だ。同じ領内の教会に運ばれたのだから、私が呪われたことは既にルーグリアに伝わっているだろう。ならば私が呪いのせいでパーティーに参加できないと考え、将軍がいないことよりは警戒されない。違うか？」

「どちらにしてもクシュリアを捕えたことで警戒はするだろうよ」

「それでも、将軍が動くよりはマシなはずだ」

「また呪われたらどうする？」

「呪いを受けても、すぐに正気を失うわけではない。ならば正気のうちに手足なりと切り落とせばよい。なんなら魔力制御の魔道具を着けてもいい」

「……………………」

「ジュリアス！　私は負けたまま生き続けられるほど強くはないぞ？」

「…………分かった。だが、行くなら私の影も連れて行け」

「はあ？　それではジュリアスが危険だろう？　相手は呪いを自在に使うのだから、王であるお前こそ守られるべきだろう！」

「影を連れて行かぬと言うなら、ルーグリア家には行かせぬ」

「頑固者！」

「お前に言われたくない」

だんだん夫婦喧嘩になってきた。

ゴホン。将軍さんの咳払いで止まった夫婦喧嘩。

シレッとした顔の王様と、ニヤッとした王妃様。

そのまま王様のソファの肘置きに座った王妃様は、

「それで？　あと同行するのは誰だ？　私の側近も数名連れて行くが、それ以外の人選は将軍に任せてよいのか？」

「ハアーー。分かった、任されよう。精鋭を揃えるさ」

「それならば、作戦の決行日まではロクサーヌ妃の姿を誰かに見られるわけには参りません。身代わりを立てて、療養のためとお住まいを離宮に移しましょう」

「大丈夫だ、ここまでも秘密通路を使って来た！　共に来たのも、実家からついてきたメイドと、側近の騎士だから、身元は私が保証する！」

王妃様のゴリ押しに負けた国のトップたちが、渋々作戦を考え出した。

この作戦には魔法庁と教会からも何人か参加することが決まって、会議が終了した。

部屋を出ようとしたら、呪いを解いたことを感謝され、頬っぺたが口紅で真っ赤になるほど王妃様にチュッチュされた。

おはようございます。
まだ夜明け前だけど。

大晦日の早朝ともなれば、さすがに寒いです。

この辺では30センチ積もるか積もらないかくらいの雪が、年に数回降る程度の積雪量だそうです。

今日から年末年始のお祭りが始まります。

年末最終日の今日は、神様に1年の報告と感謝をして、年明け1日目に1年の健康と安全を祈る祭りです。

今年は、途中で神様の交代なんて前代未聞のことが起きたので、新しい神様を祝福するためにも、いつもの年より盛大に祝われるそうです。

夜が明けないうちに起こされて、身を清めるためにお風呂に入り、1年で一番よく着た服を着て、教会に行き、祈ります。

枢機卿さんから聖水をもらい、家の一番陽のあたる場所に置いて、今日1日はパンと水しか飲み食いせずに、家族と共に静かに過ごします。

陽が沈んだら、朝着た服を燃やして灰に聖水をかけることで、1年の悪運を洗い流すそうです。

お城の敷地内にある礼拝堂は、厳かで静謐な空気に満ちています。

肌寒さも一瞬忘れるような清浄な空気が流れているように感じます。

昇り始めた朝日が射し込む細長い窓を背に、代替わりしたばかりの神像…………ギャル男神の像を見た途端、空気が台なしに。

自分で作っといてなんだが、清涼な空気台なしだよ！　ちょっと神妙な気持ちになってたのに、ギャル男神像のせいでぶち壊し。

この世界の人たちは、ギャル男神像を見て大丈夫だろうか？　とても不安。

腰に手を当て、目を挟むように横ピース。

笑顔っちゃー笑顔だけど、神の威厳とか神々しさが感じられない。

周りを見れば、皆さん真面目に祈っているので、大丈夫そうだけど。

若い神官たちが数人、ゴスペル的な歌なのか祈りの言葉なのか、独特の節をつけて歌うように語ってる感じ。

祈りの時間はそれほど長くない。

お城の礼拝堂なので、人もそんなに多くないからサクッと終了。

いつもの食事室に入ると、珍しくキャベンディッシュがいた。

今日の食事はパンと水だけなので、アンネローゼが不満そう。

ドライフルーツとか木の実とかのたくさん入ったパンなので、満足感はあるんだけどね。

食事が終わり、隣のサロンへ。

お茶は出ず、水を飲みながら、

「お父様、ロクサーヌ母様はどうされたの？」

と、クレモアナ姫様が口を開いた。

まだ子供たちにはロクサーヌ王妃様のことは秘密だったからね。

「ロクサーヌは、勝手に遠征について行って呪いを受けて、今は離宮で療養させている」

「ええ！　大変なことじゃありませんの？　なぜお父様はそんなにのんびりしてらっしゃるの？」

「すぐに命に関わる呪いではない。ロクサーヌの日頃の行いが招いた結果でもある。だから今回は反省させるためにも、しばらくは呪いを受けたまま療養させる」

「まぁ、それでは年始のパーティーは、ロクサーヌ様は参加されないんですの？」

リィトリア王妃様は、ロクサーヌ王妃様の体の心配は全くしていない。

ロクサーヌ王妃様の体の頑丈さを知っているし、王様がロクサーヌ王妃様を危険な状態で放っておくわけがないという信頼があるからだ。

それはクレモアナ姫様も同じなのか、

「まぁ、ロクサーヌ母様がパーティーをサボるのはいつものことですものね。それにしても、ロクサーヌ母様を寝込ませる呪いとはどんな呪いですの？　精神的攻撃を受けるものなのかしら？　ロクサーヌ母様なら肉体的な呪いならば、自力で呪いをはね除けそうですが？」

「ハハッ、ある意味精神攻撃かもしれぬな。ロクサーヌが受けた呪いは、体から力が抜けて動けなくなる呪いだ。あのロクサーヌが大人しくベッドに寝たきりでおるわ」

　王様が笑ったから、ロクサーヌ王妃様が呪いにかかってても笑い話として話せる。

　そういう絶対の信頼があるから、チビッ子たちも笑い出した。

「フフッ、そんな状態のロクサーヌ母様ならぜひ一度見てみたいわ！　父様、お見舞に行ってもいいのでしょう？」

「いや、今すぐの命の危険はないが、少々解くのが面倒な呪いなのだ。複数の神官と魔法庁の職員が呪いの解呪にあたってくれている。見舞いは邪魔になるから控えてくれ」

　意味ありげにニヤリと笑う王様。

　その笑みの意味を正確に理解したのは、リィトリア王妃様、クレモアナ姫様、イングリード、アールスハインに俺。

　それ以外は王様の言葉を鵜呑(うの)みにして、お見舞に行けないことを残念がっている。

　キャベンディッシュだけは、関心がないのかぼんやりと明後日の方を向いている。

　ロクサーヌ王妃様の呪いの話が進んで、しかもそれを俺が解呪しないのは、ロクサーヌ王妃様への罰ってことを理解させる。

そこまでが、昨日の打ち合わせ通り。

これでたぶん、ロクサーヌ王妃様が明後日のパーティーの時間に、ルーグリア侯爵家に乗り込むことはバレなくて済むだろう、という思惑。

実際にバレてないかは微妙。

リィトリア王妃様とクレモアナ姫様辺りは、何か企んでることはバレてそう。この2人ならバレても吹聴することはなさそうなので大丈夫だろう。

その後、解散。

今日明日はゆっくりと過ごすのが習慣だけど、女性陣は、明後日からのパーティーに向けてのドレスや装飾品などの最終確認と、肌や髪などの磨き上げに忙しいので、邪魔をしてはいけません。

キャベンディッシュはいつの間にかサロンからいなくなっていて、イングリードは街に見回りに行った。

双子王子にせがまれて、アールスハインと庭へ。

助とシェルも交ざって、かくれんぼして鬼ごっこして、と、とにかく走り回った。

昼食も朝と同じパンと水。

アンネローゼがグヌグヌしてた。


午後も双子王子のお守り。

子供2人に振り回されて、アールスハイン、助、シェルはお疲れ気味。

俺は飛んでただけなので、なんてことなかったけど。

夕方早めにお風呂に入って、中庭に集まる。

朝から着ていた服を1カ所に集め、王様が代表して火魔法で火をつける。

それほど時間がかからずに燃えた服の灰に、朝礼拝堂でもらった聖水をかける。

夕飯もパンと水。

アンネローゼが、不満は言わないものの、一口食べるごとにため息をつくので、終いにクレモアナ姫様に怒られてた。

本日はそれで終了。

おはようございます。

今日もまた夜明け前起床。

お風呂に入り、新しい服を着て礼拝堂へ。

お祈りをして、パンと水の朝食。

王様、王妃様、クレモアナ姫様、イングリードは明日の打ち合わせ。

双子王子はアンネローゼがどこかへ連れて行った。キャベンディッシュは知らない。

アールスハインは、助と２人で剣と魔法剣の鍛練。

俺はソラとハクと遊んでた。

昼食もパンと水。

午後の鍛練中、庭の隅に反応したソラとハクが、何かに飛びかかり、ハクの触手で縛られソラに咥えられて目の前に連れてこられたのはメイドさん。

何事？　とよくよく見てみると、メイドさんの胸の辺りにウニョウニョ発見！　しかも見た目普通のメイドさんなのに、目に生気がない。

アールスハインたちも近づいてきて、

「どうした？」

「にょりょわりぇてーね（呪われてるね）」

「彼女が？」

「しょー、しょらとはきゅがちゅかまーた（そう、ソラとハクが捕まえた）」

「…………………ケータ、ちょっとこのメイドを離して。どこに向かうか確かめたい」

「あーい」

ソラもハクも、人の言葉が分かるのか、俺が頼む前にさっさとメイドさんの拘束を解いてくれる。

メイドさんは何事もなかったかのようにまた歩きだした。

多少ふらつきながら歩くその後ろをついて行く。

やがて辿り着いたのは、小じんまりとした建物。

「ここは……ロクサーヌ母上の休養されている離宮」

アールスハインの言葉にも反応することなく、進むメイドさん。

目的の場所を確認した途端、助が王様に知らせに走る。

見張りに立っていた騎士は、特に警戒することなくメイドさんを通す。

その騎士が、近づいてきたアールスハインに、訝しげな視線を向けて、

「アールスハイン王子、どうされたのですか？　この離宮は今どなたも通すなと陛下より命じられておりますが？」

「お前はロクサーヌ母上の騎士だな？　今入っていったメイドは知り合いか？」

「………はい、ロクサーヌ様に専属で付いているメイドです」

「今すぐ先ほどのメイドの行動確認を！　ロクサーヌ母上に危害を加える可能性がある！　彼女は呪いを受けている、急げ！」

2人いた騎士のうち1人が、その場を駆け出していく。

アールスハインは特に押し入ることはなく、その場で待機。

しばらくすると、メイドさんを追っていった騎士が戻ってきて、

「アールスハイン王子、お入りください。ロクサーヌ様がお会いになりたいそうです」

と言って先に歩き出した。

ついて行った先には、拘束されたメイドさんを片足で押さえ、苦い顔をしたロクサーヌ王妃様。

「ああ、アールスハイン、よく知らせてくれた。彼女は私に長年支えてくれたメイドなので油断していたわ！　危うく止めを刺されるところだった！」

面白くなさそうにフンと鼻息をつく。

「悪いが、ケータ殿。このメイドの呪いを解いてやってくれないか？　理由なり原因なりを知らねばならんからな！」

「あーい」

メイドさんの胸から出てるウニョウニョをヌルッと抜いてやると、ビクビクッとしたあとに、メイドさんの目に光が戻る。

ロクサーヌ王妃様が足を退けると、

「い、痛い！　いたたた！　え？　なに、なんで私縛られてるの？」

混乱し出した。

正面に回りしゃがんだロクサーヌ王妃様が、

「エメリー、お前は先ほどまで呪われていた。何があった？　心当たりはあるか？」

「ののの呪いですか⁉　わた、わたしが！　わた、わたし死んじゃうんですか⁉」

「落ち着け、呪いは既に解けている。死にはしないから安心して何があったか話せ！」

「う、は、はい。ええと、わたしは、一昨日はお休みだったので、昨日の昼食後にリリーさんにロクサーヌ様が体調を崩されて、離宮で療養されていることを聞いて、でもロクサーヌ様のお世話は先輩方がされるので、わたしはロクサーヌ様のお部屋の掃除をしていました」

「夜に何かいつもと違う行動を取ったか？」

「い、いえ、昨夜のお夕飯はパンと水だけだったので、夜中にお腹が空かないようにいつもより早く寝たので……」

言ってて自分の食いしん坊エピソードに恥ずかしくなったのか、顔を赤く染めて俯いてしまった。

いたって普通の女の子である。

ロクサーヌ王妃様もそう思ったのか、微笑ましげにメイドさんを見て、先ほどよりも柔らかい声で、

「今日の朝からの行動は？」

「ええと、午前中は、お祈りを済ませたら朝食を食べて、洗濯をしたあと、昼食を食べに食堂に向かって…………………？」

「どうした？」

「ええと、食堂に向かっていた時に誰かに呼ばれたような？」

「誰だったか思い出せるか？」

「………………確か、あれは、財務大臣の補佐の方で、リリーさんがちょっといいなって言ってた………シュピーネル様？」

「シュピーネルに会った時に何かあったか？」

「………なにか、とつぜんむねのところに、石のよう、なもの、を、あてら、れ………」

そこまで話すと、エメリーはひどく震えて、そのまま意識を失った。

ロクサーヌ妃は、エメリーの拘束を解き、軽々と抱き上げソファに寝かせると、

「ここまでだな。犯人は財務大臣補佐のシュピーネル。ルーグリアと関係があるかはまだ分からんが、話を聞かねばな！」

「それはこちらで引き受けよう」

王様登場。

話を聞いていたのか、既に騎士を向かわせたらしい。

「アールスハイン、ケータ殿、よく気付いてくれた。お陰で妻が助かった」

と深々と頭を下げられた。

それは、王様の言葉ではなく、妻の危機を助けられた夫の言葉だった。

「いえ、ロクサーヌ母上が助かって何よりです」

「よかっちゃねー」

だから、アールスハインも俺も、重くならないように軽く返しておいた。

間もなく離宮に連れてこられたシュピーネルは、特に特徴らしい特徴もない、地味な男だった。

リリーさんとやらは地味専なのだろうかと、関係ないことを考えながら見ていると、ロクサーヌ王妃様の前に連れてこられた理由に心当たりがあるのか、顔を青くして微かに震えているのが分かった。

その場で拘束されると、震えが大きくなり、

「わ、わ、わ、私は！　何も知りません！　私も、騙されたのです！　も、申し訳ありません！

すみません！　どうか死刑だけは！」

と、命乞いを始めた。

「命乞いをするということは、自分のしたことの重大さは分かっているのだな？」

王様の怒りを含んだ声に、ガタガタ震えながら、

「申し訳ありません申し訳ありません申し訳ありません申し訳ありません………」

と、床に頭をついて謝り倒している。

拘束していた騎士が、軽く背を叩いただけで、

「ヒィイ!!」

と悲鳴を上げ、

「わ、わ、わ、私は、騙されて、脅されて、脅されて仕方なく、か、簡単な仕事で、絶対に足はつかないと言われたので！　すみませんすみませんすみません」

「いつ、誰に、なんと脅されて、王妃を害する命令に従った？　ハッキリと申せ！」

王様が怒りも露に聞けば、

「が、が、が、害するなどと！　そのようなことはしておりません！　わた、私は、一昨日の昼過ぎに、ざ、財務大臣の書類を届けに、客室におられたルーグリア侯爵を訪ねたおり、わ、わ、わ、私の借金を清算してやる代わりに、簡単な仕事をしろ、と、言われただけです！」

「それで？」

「は、はい、それで、青い宝石を渡されて、この石をロクサーヌ王妃様付きのメイドの体に当てて、それで、ロクサーヌ王妃様に、別に渡された黒い宝石を渡すように、と、言われました」

その宝石とやらが呪いのアイテムなのだろう。

「なぜそれで足がつかないと思った？　理由は聞いたか？」

「は、は、はい、ええとメイドに当てる宝石は、命令を実行したあとに、前後の記憶を失うものだと、で、で、ロクサーヌ様にお渡しするのは、逢い引きの記念に、密かにお渡しするためだと、そ、そう聞きました」

シュピーネルの話を聞きながら、ロクサーヌ妃はメイドのエメリーを拘束した時に床に転がったブローチを拾い上げ、王様に渡した。

王様はその黒い宝石のついたブローチを繁々と眺めて、俺に見せるように差し出すと、

「ケータ殿、これが呪いの呪具で間違いないだろうか？」

と聞いてくるので、近寄って見てみると、一見ただの大きめなブローチに見える宝石部分、

石の中に蠢くウニョウニョが！　思わず後退りして、王様に何度も頷いた。

「いちのにゃかいっぱーのウニョウニョいりゅ（石の中いっぱいのウニョウニョがいる）」

「そうか、だがこのままでは呪いは発動しないようだが？」

独り言のように言いながら、裏側もじっくりと見た王様は、何かを発見したらしく、光にかざしながら、

「裏側に小さな刃物が仕込まれている。これを身につければ、肌に傷を付け、そこから血を通して呪いが発動する仕掛けか」

と、結論づけた。

呪具を慎重に布で包み、箱にしまった王様は、

「シュピーネルを牢へ。これはお前の命を守るための措置でもある。決して自害などという馬鹿な真似はするなよ？」

シュピーネルに言うと、ガクンガクンと頷いて、大人しく騎士に連れ出されていった。

「さて、この呪具と先ほどの証言があれば、ルーグリアを捕らえることはできるが………」

遠回しにロクサーヌ王妃様の、明日のルーグリア侯爵家への捜査をやめさせる発言に、

「だが、この呪具一つでは知らぬ存ぜぬで押しきることもできよう。さらに奴ならば罪を逃れるために、私との逢い引きを事実であったかのように、偽の証拠や証人程度すぐさま用意する

だろう？」

　発言の意味を分かってて、無駄を指摘するロクサーヌ王妃様。

　ため息混じりに、

「確かに、その程度できねば、教会の目を盗んで十数年もの間、アールスハインを呪い続けるなどできようはずもない。今回の企みは、ロクサーヌが既に呪いを受けている前提で、さらに追い討ちをかけようと焦ったのかもしれん」

　その言葉に、勝ち誇ったように笑みを見せ、

「奴は、まだケータ殿の存在をそれほど重要視していないのだろう。アールスハインの呪いが解かれたのも、噂になったのは教皇様が城を訪ねたあとだったと聞いている。奴は教皇様がなんらかの方法でアールスハインの呪いを解いたと判断したのだろう。だからこそ、明日行かねば意味がない。そうだろう？」

　にこやかに王様の肩を叩くロクサーヌ王妃様。

「分かっている。だが、夫として妻を心配するのは当然だろう！」

　王様のちょっと剥れたような声に、

「ハハッ、ジュリアスのそういうところは昔から変わらんな！　自分のことだと大雑把な癖に、人のこととなると途端に慎重で心配症になる！」

「からかうな！　私は本気で心配してるんだぞ！」

「フム、ムキになるところも愛しいぞ！　夫殿」

なんかイチャイチャし出したので、その辺にあった水差しの水で、解呪の玉を10数個作って、騎士の人に説明して帰ったよ！　人のイチャイチャとか見てても楽しくないし！

アールスハインも同じ気持ちになったのか、苦笑して頭撫でてきたし。

夕飯の時間には王様も戻って、パンと水を食ってた。

昨日怒られたばかりなのに、またアンネローゼがため息ついてて、クレモアナ姫に睨まれてた。

朝も早かったたし、今日も早目に寝ました。

おはようございます。
今日の天気は快晴です。
いつもより少し早くシェルが来て、朝から風呂に入れられ、いつもは塗られないいい匂いのクリームを全身に塗られ、着替え。

オフホワイトのＹシャツに、濃い青紫の蝶ネクタイ、クリーム色の三つ揃いのスーツ。半ズボンだけど！

ズボンにはサスペンダー付き、ポケットには青紫のチーフ。

髪も整えられ、お着替え終了。

どう見ても七五三。

アールスハインも似たようなスーツ姿。

だが、スタイルがよく姿勢もいいのでモデルのよう。眩しい。

アールスハインが王子様なことを思い出しました。

抱っこされて、食事室へ。

２日振りのまともなメニューに気合いが入りすぎたのか、アンネローゼが既に着席し、ソワソワと落ち着きなく体を揺らしている。

まだ誰も来ていないのに、

「おはようございます、ハイン兄様、ケータ様。遅いですわよ！」

「おはよう、ローゼ」

「おはようー」

苦笑気味に返事をするアールスハイン。

その後、メイドさんに手を繋がれて双子王子、イングリード、王様が部屋へ。

少し遅れてリィトリア王妃様、クレモアナ姫様。2人は普段と変わらないドレスだけど、肌の輝きが違う。

キャベンディッシュ以外の全員が揃ったので、食事が運ばれてきたが、そこで、

「これは、どういうことですの!? なぜわたくしのメニューだけ皆と違いますの？」

体をブルブル震わせて、怒り心頭のご様子。

それも当然だろう、アンネローゼの食事だけ、肉とパンが半分で、サラダだけが倍の量になっているのだから。

「当然ですわ。ローゼの食事は、これから体重が戻るまで、この量しか出さないようにお願いしましたもの」

「ひどいひどいひどい！」

「ア、ン、ネ、ロー、ゼ？」

これから叫び出そうとするタイミングで、リィトリア王妃様の低い声での名前呼び。

反射で硬直するアンネローゼ。

「わたくしも、クレモアナの仕打ちはひどいと思って注意しようとしました。ですが、クレモアナに言われて、あなたのメイドに確認したら、あなた、ドレスのサイズが減るどころか増え

たそうね？　メイドがお直しするのが間に合わないと泣いていましてよ！」

ぐうの音も出ないアンネローゼ。

「さらに、メイドに確認したら、カルロとネルロのおやつの時間に乱入するだけでなく、メイドたちのおやつまで奪ったというじゃないの？　わたくし、それを聞いて情けなくて情けなくて」

リィトリア王妃様が俯いて肩を震わせる姿に、双子王子がオロオロしている。

「ですから、わたくしも心を鬼にしてあなたのダイエットに協力することに決めましたの！　アンネローゼ、これからはあなたの甘えは一切許しませんことよ！」

強い強い目で見られたアンネローゼは、何一つ言葉もなく、静かに座って俯いた。

その目からポロポロと涙が流れるが、誰一人同情はしない。

双子王子でさえ目も向けずに、黙々と食べてる。

アンネローゼも泣きながらモリモリ食べてるし、なんの問題もない。

静かな朝食が終わり、それぞれの予定へ。


昼前から始まるのは、チビッ子中心のお茶会という名のパーティー。

お城の中庭に集まったのは、４、５歳から13歳までの子供たちとその保護者。

王様とクレモアナ姫様は、最初の挨拶に顔を出しただけで、あとを仕切るのはリィトリア王妃様。

上品で華やかで豪華なドレスで着飾ったリィトリア王妃様はそれはそれは綺麗だったが、王族として挨拶をしたアンネローゼの目が、用意された軽食とお菓子に釘付けなのを、凍えるような目で見ていたのが、心底恐ろしかった。

俺が参加する義務はないけど、双子王子に両手をガッチリ握られて逃げられなかった。

物珍しそうに見てくる、好奇心いっぱいのチビッ子集団の目線が痛いです！

俺に付き合わされて、会場の隅にいるアールスハインは、小さな淑女たちに、遠巻きに見られて苦笑している。

双子王子に手を引かれ、飲食コーナーへ。

アンネローゼが絶好調です。

下品にならないギリギリのところで、菓子を貪（むさぼ）っております。

お城のお菓子は改良済みなので、他の子供たちとご婦人方にも大人気で、アンネローゼだけが目立ってるわけではないけど、そんなに食ったら夕飯抜かれるぞ？　と、心配にはなるくらい食ってる。

リィトリア王妃様は他のご婦人に捕まっているので、こっちを見ていないとはいえ、メイドさんや侍従さんはしっかり見てるぞ？

双子王子に挟まれて、お菓子を食いながらそんなことを考えてたら、

「ヒッ！」

と、短い悲鳴を上げてアンネローゼが、背筋を伸ばし汗をかきだした。

アンネローゼの視線を辿れば、顔は笑ってるのに、恐ろしく冷えたリィトリア王妃様の視線が、アンネローゼにグッサグッサ突き刺さってた。あれは絶対ビーム出てたね！

双子王子は我関せずで、そこそこ食べたら2人でどっかに遊びに行った。

やっと解放された俺は、飛ぶとまた別な騒ぎを呼びそうだったので、歩いてアールスハインのところへ。そのままこそっと抜け出しました。


部屋に戻ってシェルの淹れてくれたお茶を飲んで休憩。

子供たちのお茶会はだいたい3時頃お開きになって、今度は夕方頃から、14歳以上のパーティーが始まる。

なぜ14歳なのかというと、幼年学園を卒業する歳だからだ。

幼年学園の最終学年の年始のパーティーで、大人の仲間入りとして、デビュタントというお披露目(ひろめ)を行うらしい。

デビュタントを終えたあとは、法律的にも結婚が認められるんだとか。

結婚の早い世界である。

デビュタントを迎える子は、国花である白い薔薇を身につけ、白い衣装で参加しているので分かりやすい。

アールスハインは去年済ませた。

そんな話をシェルから聞きながら、俺も着替えさせられる。

一応アールスハインに付いている妖精だから、パーティーにも参加するらしい。

クリーム色のスーツから、濃紺に銀の刺繍が入ったスーツへ。

蝶ネクタイとチーフは、明るめの青紫。

なんと、アールスハインとお揃い。

アールスハインのネクタイは、アスコットタイとかいう、スカーフをおしゃれネクタイにした感じ。よく知らんけど。

まあ、大きさがだいぶ違うので、比べられても微笑ましく見られるだけだけど。

今のシェルみたいに。

シェルは黒の燕尾服。とても似合ってる。

時間になる少し前に、助が部屋に入ってきた。その姿は正式な近衛騎士の制服が白を基調にした金の装飾なのに対して、形は同じで色が黒、そこに銀の装飾がされている。

学ランを豪華にしたような服。

これは、王族個人の護衛に与えられるらしい。

「お〜、けーた、立派な七五三だな？」

「たしゅきゅも、まごにもいしょーらな！（助も、馬子にも衣装だな！）」

「「ナハハハハハハハ！」」

と一頻り笑って、会場へ向かった。


結構な距離を歩き、王族専用の待機部屋に入ると、イングリードと王様が既にいて、軽食を食べていた。

王族は、挨拶が多くて食べる暇があまりないので、今のうちに食べておくんだって。

俺たちも混ざって食べる。

衣装を汚さないためか、どれも一口で食べられる大きさ。

俺の口には大きいので、シェルがよだれ掛けのようにスカーフを巻いてくれた。

助とイングリードに笑われた。

無駄に豪華な衣装を汚すのも怖いので、我慢したけど！

粗方食べ終わり、食後のお茶を飲んでると、リィトリア王妃様とクレモアナ姫様の登場。

王様とイングリードが、ササッと立ってエスコート。

実にスマート。

ついアールスハインを見ると、目を逸らされた。

シェルが笑っております。

リィトリア王妃様は昼間のお茶会とはまた違った、豪華さと華やかさと、露出も多いので妖艶さまで備わって、でも気品もあって、すごかった！

クレモアナ姫様は、やっぱり豪華で華やかだけど、ちょっと妖艶さには欠けるよね。

どっちも、この上なく美人で眼福です！

よく見ると、リィトリア王妃様は青紫の衣装、クレモアナ姫様は赤の衣装を着てるけど、形がお揃い。

装飾品が違うし、印象がだいぶ違うので、お揃いにはなかなか見えないけど、仲の良い義母娘である。

「ふちゃりとも、きりぇーねー！（2人とも、綺麗ねー！）」

2人の周りを一周して、褒めといたよ！

「まあ、ケータ様もかわいらしいわ！」

クレモアナ姫様に捕獲され、チュッチュされそうになったが、

「ダメよ、クレモアナ。紅が落ちるわ」

リィトリア王妃様が止めてくれたので、頬っぺたが真っ赤にならずに済みました。

2人も軽食をとり一息ついてるところに、キャベンディッシュ登場。

「キャベンディッシュ、遅いわよ！　女性より支度に時間がかかるなんて失礼よ？」

「申し訳ありません、クレモアナ姉様」

らしくもなくすぐに謝り、デュランさんの勧めた軽食をモソモソと食べる。

「皆様、そろそろお時間です」

デュランさんの声で、皆が立ち上がる。

王家のパーティーは、招待された身分の低い人から入場していくそうで、主催で王族のこの部屋のメンバーは、当然最後になる。

辺境伯と呼ばれる助の実家は、伯爵家ではあるけど、辺境で他国との境界を守る国の要でもあるので、実質侯爵家と同等の地位と見なされる。

何が言いたいかと言うと、辺境伯以上の地位の貴族は、入場の際には名前を呼ばれてから入るのである。

とても目立つ。

助とシェルは、さっさと先に入場してしまってここにはいない。

なぜその時ついて行かなかったのかと、ちょっと後悔している。

別に緊張はしてないけど、無駄に目立つのは好きじゃない。

閉められた大きな両開きのドアの前、中から大きな声で、

「リュグナトフ国第三王子アールスハイン殿下、妖精族ケータ様、ご入場」

ドアが開かれ、多くの人が見守る中、拍手を浴びながら、アールスハインがゆっくりと歩いていく。

そちらこちらから短く令嬢の歓声が上がる。

俺に向けられた好奇の目も多い。

王様椅子の置かれた一段下の段差に立つ。

次にキャベンディッシュ、次にイングリードにエスコートされたクレモアナ姫、王様とリィトリア王妃様は同時に入場。

王様とリィトリア王妃様、クレモアナ姫は一番高い位置の椅子に座り、イングリード、キャベンディッシュ、アールスハインは一段下の段差に立つ。

王族が揃うと、全員揃っての男性は胸に手を当て立礼、女性はカーテシー。

さらに一段低い場所に、宰相さんと将軍さん。

その一段下がったところにパーティー出席者。

会場中央、王家の前には、着飾った、でもまだぎこちなさの残る若者。

今夜デビュタントを迎える子供たち。

「頭を上げてくれ」

王様のよく通る声に、全員が頭を上げる。

続けて王様の挨拶。

「今宵、また新たな貴族の若者を迎えられることを嬉しく思う。あまり厳しい目ばかり向けずに、この国の未来を背負う者たちの、よき導き手になってもらいたい。宴を楽しんでくれ」

ワアアアと歓声と拍手が鳴り、楽団の音楽が流れ出す。

王様とリィトリア王妃様が、手を取り合って会場中央に、音楽に合わせて踊り出す姿は、映画の一場面のよう。

1曲踊っても2人は離れず、2曲目へ。

2曲目はイングリードとクレモアナ姫様も参加。

2曲目が終わると、王様とリィトリア王妃様は席に戻り、イングリードとクレモアナ姫様も席に戻った。

3曲目は、デビュタントを迎えた子供たちが、パートナーと踊り出す。

たまにぶつかる子や、こけてる子もいるが、周りは微笑ましげに見ている。

4曲目からは、大人も参加。

踊らない人は王様たちへの挨拶の列に並ぶ。

長いよ、挨拶！

中には貴族的な言い回しで嫌味を言ってくる奴とかもいて、面倒くさいこと、この上ない！

全部笑顔でお礼言ってやったけど。

後ろでシェルが密かに笑ってた。

長い長い挨拶が終わって、解散。

まだ帰れないけど、自由に歩いてていいって。

ユーグラムは、貴族的なパーティーには参加しない。

ディーグリーは平民なので、参加資格がない。

なので顔見知りがほぼいない。

アールスハインに果敢に挑もうと話しかけてくる令嬢も数人はいたが、なぜか皆自分に自信あります！系の派手派手な令嬢ばかりで、全く話が弾まない。

なぜか最後に俺が睨まれるし。

シェルが持ってきてくれた、炭酸の入った果実水を飲みながら壁際に。

「ハインー、ハインによってくりゅれーじょーって、こーわいにぇー（ハイン、ハインに寄ってくる令嬢って、怖いねー）」

「あー、自分から寄ってくんのは肉食系ばっかだからな！」

人目がないので、助が答えた。

「遠巻きに見ているだけの令嬢は、ハイン王子にはなかなか話しかけづらそうですしね」

シェルが笑いながら参加。

「悪かったな、無愛想で！」

「自覚があるなら、改善してください」

「あー、そうなると、今度は勘違い令嬢を量産しそう」

「…………確かに、それも面倒ですね。なら今のままがいいんですかねー？」

「お前ら、遊んでるだろう？」

「「ハハハハハハハ！」」

アールスハインが怒らないのを知ってる2人がふざけていると、

「フフフ、皆さん仲がよろしいのね？」

鈴を転がすような軽やかで可愛らしい声をかけてきたのは、宰相さんの娘のイライザ・スライミヤ嬢。

後ろに1人、白い薔薇を胸に刺した少年を連れている。

「イライザ嬢」

アールスハインが頭を掻きながら声をかけると、

「楽しそうなところにお邪魔してごめんなさい。弟を紹介させていただいてよろしいかしら？」

「ああ、紹介を受けよう」

「ありがとうございます。こちら、わたくしの弟の」

と、イライザ嬢が半歩よけると、前に出た少年が一礼してから、

「私は、宰相を務めさせていただいている、リングラード・スライミヤが長男クリスデール・スライミヤと申します。アールスハイン殿下のご活躍は姉から聞いております。よろしくお願いいたします」

顔はイライザ嬢とそっくりで、少し幼くした感じ。なかなかの美少年。

「ああ、第三王子のアールスハインだ。デビュタントおめでとう、よろしく」

ほんのり笑うアールスハインは、普段のキツい印象が薄れて、もともと持ってるフェロモンがダダ漏れ出る。

それに姉弟がうっすらと頬を染めるが、それだけ。

ただし、こちらに注目してた令嬢の何人かは、顔を真っ赤にさせて今にも倒れそうにフラフ

ラしてる。

それを見てシェルがサイレント爆笑してる。

軽く挨拶を済ませたが、イライザ嬢がなぜか俺を見てモジモジしてる。

「にゃにー？」

「あ、あの、ケータ様が、お嫌でなかったら、その、抱っこさせていただけないでしょうか？」

キツい目元を緩めて、恥ずかしそうにモジモジする姿は、普段とのギャップが！　正しいツンデレですね！

「どーじょー」

と、両手を出すと、ハワハワしながらそっと抱き上げられる。

「フフフ、ケータ様は軽いですね！」

「よーしぇーじょくらからにぇ（妖精族だからね）」

「お小さいのに、首はしっかり据わってますし」

多少ぎこちなさはあるが、落とさないようにしっかりと抱っこされてる。

「隣国に嫁いだ姉が、今度出産のために帰国するのですが、わたくし、小さい子の相手をしたことがなくて。失礼とは思ったんですが、ケータ様にお会いしてから、一度抱っこしてみたかったんですの！」

キツい印象の美人が、はにかみながら抱っこしてますよ！　抱っこされてるの俺だけど！

実にかわいい。

前世の妹を思い出した。

「あかたんたのちみにぇー（赤ちゃん楽しみねー）」

「はい！」

うん、かわいい。

その後、話を聞いてウズウズしたのか、弟のクリスデールにも抱っこされたが、少々力加減が強いぞ弟！

本物の赤ちゃんならギャン泣きされるぞ！　と、教育しといた。

スライミヤ姉弟が去ったあとは、爽やか君とお友達が数人挨拶に来て、イングリードがイライザ嬢と話してるのを、遠目で見てニヤニヤしたり、キャベンディッシュが令嬢を侍（はべ）らせて、自慢げに目の前を横切っていったり。

暇なので、飲食コーナーに行ったら、大量の唐揚げの山に、若者が群がっていた。

料理長が、自慢気におかわりの皿を持ってきては、すぐに山が崩されてた。

人気ですね、唐揚げ。

こんな豪華なパーティーで出すには地味な見た目なのに。

シェルが適当に、でも綺麗に盛り付けてきた皿をつつきながら、ボンヤリと周りを観察。

ふと、気になる匂いを感じて、鼻がひくつく。

香ばしい、懐かしい匂い。

匂いを辿ってフラフラ飛ぶと、壁にぶつかる。

咄嗟にしがみつくと、変わった民族衣装のような服を着た、恐面のお兄さんだった。

驚いて落ちそうになったが、恐面のお兄さんが尻を支えてくれたので、落ちずに済んだ。

「君は、王子と一緒にいた妖精族の子かな？」

「しょー、よーしぇーじょくのけーたでつ（そー、妖精族のけーたです）」

「私に何か用かね？」

「にゃちゅかちーによいちた（懐かしい匂いがした）」

「んん？」

「こらケータ！」

そんな声と共に首根っこを掴まれ捕獲された。

捕まえたのは助。

「失礼いたしました」

と、深々と頭を下げて、後ろのアールスハインに俺をパス。

アールスハインが相手を見て驚いた顔で、

「あなたは、海洋国アマテの王子、スサナ殿でしたね。ケータが失礼をいたしました」

アールスハインまで軽く頭を下げた。

「いえ、お気になさらず。幼児のしたことです。それよりも、そちらのケータ殿が、何か言ってたのですが、あいにく私には理解できなくて」

と、こっちを見るので、皆にも見られた。

「ケータ、なぜスサナ殿に突然張り付いた？」

「にゃちゅかちーによいちた（懐かしい匂いした）」

「懐かしい匂い？」

「しょー、しょーゆにょによい（そう、醤油の匂い）」

「は？　けーた、マジか？　おい、それって！」

「？　どうした、ティタクティスまで興奮して？」

「え？　あ！　し、失礼しました」

助が興奮して、素が出てしまったことを謝ってる。

「いや、構わないが、懐かしい匂いのしょーゆとは、なんのことだろうか？」

スサナ王子が、直接助を見るので、

「ええと、しょーゆとは、調味料の一種で、香ばしい香りのする黒い液体です」

「…………香ばしい香りのする、黒い液体？　黒くはないが、これだろうか？」

そう言ってスサナ王子が出したのは、小瓶に入った赤茶色の液体。

その小瓶から微かに醤油の匂いがして、

「しょりぇ！　しょーゆ！　じゅっとしゃがちてた！（それ！　醤油！　ずっと探してた！）」

あまりの俺の食いつきに、若干引きながら、小瓶を差し出して、

「そんなに探してたなら、これはケータ殿に差し上げよう」

「いーにょ？　ありあとーごしゃましゅ！」

飛びついちゃうよね！

「しゅしゃにゃおーじにょくににいきぇば、しょーゆうっちぇましゅか？」

「…………悪いが、ケータ殿の言葉は、私には難しい」

「すみません。けーたは、スサナ王子の国に行けば、しょうゆが買えますか、と聞きました」

「ふむ、今まで我が国は絹くらいしか売れる物がないと思っていたが、しょーゆは売れるかね？」

「かいましゅ！」

「そうか、こちらではあまり馴染みのない味だと思うが、検討してみようか」

スサナ王子が考えに沈んでしまったので、その隙にと、アールスハインが話しかけてきた。

「ケータ、そんな簡単に言っていいのか？　国の貿易の話だぞ？」

「けーたおかにぇもってりゅよ？（けーたお金持ってるよ？）」

「確かに持ってるが、輸入品として、国に流通させるのは簡単なことじゃないぞ？」

「かりゃあげもっとーおーちくなりゅよ？（唐揚げもっと美味しくなるよ？）」

「なに！　それは本当かね？」

唐揚げに食いついたのはスサナ王子。

「先ほど食べたこの唐揚げとやらが、さらに美味くなると？」

スサナ王子が持つ皿には、唐揚げがこんもり盛ってある。お気に召したのね。

「しょーゆあじのーかりゃあげおいちーよ！（醤油味の唐揚げ美味しいよ）」

「ソイユ味の唐揚げか、美味そうな予感がするな！　ぜひ食べてみたい！」

凶悪な顔しといて、とんだ食いしん坊である。

だが今はパーティーの最中なので、ご馳走することはできない。

とても残念そうな食いしん坊王子。

醤油の輸出は前向きに検討してくれるそうです！

「しゅしゃにゃおーじにょくにに、こみぇありゅ？（スサナ王子の国に米ある？）」

「スサナ王子の国には、米はあるかと聞いてます」

助がすかさず通訳する。

「米とは何かね？」

「しりょいちゅぶちゅぶのー、もちもちのしゅしょきゅににゃりゅやちゅ！（白い粒々の、モチモチの主食になるやつ！）」

「白い粒の、火を通すともちもちした食感になる穀物？」

この世界ではまだ会ったことのない米なので、説明が曖昧（あいまい）になる助。

「白い粒の穀物？　穀物ではないが、もちもちとした食感と言うなら、野菜の一種として食されているライスが似た感じだろうか？」

「しょりぇだ！」

俺が叫ぶと、ビクッと体を揺らし、

「だがライスは穀物ではなく、茹（ゆ）でてサラダなどにかける野菜だろう？」

「たべかたぎゃちなうけろ、たびゅんほちかったやちゅ！（食べ方が違うけど、たぶん欲しかったやつ！）」

「そ、そうか。今回の荷物に多少は積んであるから、分けることはできるぞ」

「ありあとーごしゃましゅ！」

後日受け渡しをする約束をして、そこでスサナ王子とは別れた。

1人ホクホク顔をしていると、クレモアナ姫に捕まって、かわいい！　と頬っぺたにブチュッとされた。

疲れたけど、大収穫のパーティーでした！

途中眠気に負けた俺を言い訳に、アールスハインが早めにパーティーを抜けたので、そのまま部屋に帰って寝ました。

外伝　ユーグラム、ケータと出会う

教会に併設されている我が家の朝は早い。

騎士団の訓練中のような掛け声に起こされて、窓の外を見れば、半裸で掃除をする見習いや下位神官たち。見慣れた光景である。

身嗜（みだしな）みを整え食事室へ行けば、既に父は席についており、母が食事をワゴンに載せて運んできたところだった。

「おはようございます、父上、母上」

「おはよう、ユーグラム」

「おはよう、ユーグラム」

挨拶をして席につくと、母が自ら食事を並べ、父の軽い祈りの言葉のあとに食事が始まる。

「ユーグラム、今日から学園でしょう。忘れ物はない？」

「ええ、何度か確認しましたので大丈夫です」

「ユーグラムも高等学園に通う歳になったのねー」

母がしみじみと言えば、

「君はそんな大きな子供がいるようには見えない若さだね」

父が母を見てにこやかに褒める。

ポッと少女のように頬を染めて、

「もう、子供の前で！　でも嬉しいわ！」

「本当のことさ。今日も美味しい食事をありがとう。私は先に仕事に行くよ。ユーグラム、成績のことはそれほど心配していないが、よき友人を作れるように祈っているよ！」

と朗らかに部屋を出ていった。

「フフ、教皇様の祈りですって！　責任重大ね！」

「友人ならディーグリーがいるでしょう」

「そうね、あの子もいい子だわ！　でも貴族の子にも何人かはお友達がいた方がいいと思うわ。私たちでは教えられない考え方などもあるのだし、あなたが大人になった時に、教会とは違う常識があることを学べるもの」

「それほど違うものですか？」

「そうねー。王族や高位貴族の方々は、上に立つ立場の方として、とても誠実で勤勉な方々が多いわ。でも、一部の貴族の方々は、権力を傘に上から押さえ付けようとする方もいることは確かね。あなたはほとんど教会の中で育ったから、人を見る目はまだまだよね？　学園にはいろいろな人がいるわ。多くのものを見て、触れて、多くのことを学んできてね？」

「はい。では行って参ります」

「行ってらっしゃい！」

母の声を背に、教会の馬車に荷物を積んで学園に向かう。

元伯爵令嬢だった母からすると、自分は世間知らずに見えるらしい。

幼い頃に知り合った、大商会子息のディーグリーと共に、街を遊び歩いたり、見習いに混じって訓練を受けたりしていたが、それとはまた別の世界があるらしい。

確かに教会に来る貴族たちも多くいるが、自分が触れ合う機会はなかったし、話したこともほとんどない。

幼年学園にも1年ほど通ったが、特に親しくなった者もなく、皆からなぜか遠巻きに眺められるだけで終わった。

母の話では、そもそも貴族令嬢は、一生のうち一度も厨房(ちゅうぼう)に入ったことのない人も多いのだとか。

貴族令嬢は料理もしないし、掃除もしないし、洗濯もしないし、中には子育てもしない人もいるらしい。

じゃあ、なぜ母上はその全部をするのか？　と聞いたら、私はじゃじゃ馬だったから、修道院に入れられて、そこで神に仕える道に入ったのだと教えてくれた。

その後、当時大神官になったばかりの父に見初められ結婚したのだとか。

母は、自分は貴族令嬢としては失格だったと語る。

いつも朗らかに笑う母の、じゃじゃ馬時代は想像もできないが、母には務まらなかった貴族令嬢とは、一体どんな生き物なのか、全く分からない。

これから向かう学園には、そんな未知の生き物が大勢いるが、自分はやっていけるだろうかと、少し不安になってきた。


ガタンと馬車が止まり、御者をしてくれていた見習いが到着を告げてくれる。

お礼を行って荷物を抱え馬車を降りると、多くの人がこちらに注目していた。

思わず、

「教会の馬車というのは目立つのか？」

と、顔見知りの見習いに聞けば、

「ハハッ、坊っちゃんがいい男だから目立つんですよ！」

と返された。

今まで見た目の美醜を意識したことがほとんどなかったので、不思議な感じがする。

何せ自分の顔は父と瓜二つなのだから。

とりあえず寮に向かい歩いていると、遠巻きにこちらを見てはヒソヒソ話し、キャーキャー言う令嬢を流し見る。なんだろうか、あれは？

疑問は尽きないが、無事寮に着いて荷物の片付けをする。

貴族の中には侍従やメイドを連れてきて、身の回りの世話をさせる者もいるらしいが、教会育ちの自分には必要がない。

父も教会では、仕事を補佐する者はいるが、基本自分のことは自分でやる。

世話をされなければ生活できないなどと言っていては、教会にはいられない。

修道院は、たまに貴族令嬢の罰則のために使われるが、本来は神に仕えるための修行の場である。

神に仕える者が、人の手を煩わせている場合ではない。

自分のことは自分でやるのが当たり前である。

母に聞いた貴族令嬢が、何もかも人に頼らないと生きていけない生き物ならば、自分とは相容れない生き物だと感じてしまう。

そんなことをつらつらと考えながら片付けを終えて、暇になったので、学園の中を見て回ろうかと考えていたら、ドアをノックする音。

ドアを開ければ、そこには馴染みの顔が。

「よっ！　ユーグラム。片付け終わった？　終わってたら学園探検しよ～」

「いいですよ。ちょうど行こうと思ってたので」

「おお！　俺ってばタイミングいいね～」

と調子よく歩き出すディーグリーについていく。

ちゃっかり学園の地図をどこからか調達してきたディーグリーに説明されながら、学園を歩く。

すれ違う度にキャーキャー言われるのを、流し見ていたら、

「ユーグラム、あんまり令嬢を見ない方がいいよ～。誤解されて付きまとわれたら嫌でしょ？」

と言われた。

「すれ違う度にキャーキャー言われるのですよ？」

「ブフッ！　それを言ったのがユーグラムじゃなかったら、いけ好かない奴なんだけどね～！」

「なぜ？」

「ユーグラムってば、教皇様に似て、すっごい綺麗な顔してるじゃん。で、綺麗な顔とかカッコいい顔とか、かわいい顔とか、身分が高いとかの男子生徒には、令嬢たちの熱い視線が注がれて、目が合ったりしたらキャーキャー言われるんだよ～！」

「なぜ？」

「そりゃ～令嬢たちの一番の目的のためさ～」

「？　その一番の目的とは？」

「あ～そうね、ユーグラムってばその辺箱入りだもんね！」

「箱入りとは、世間知らずの深窓の令嬢に使う言葉では？」

「まあそうなんだけど、ユーグラムってば教会で生まれ育ってるから、貴族的なことにはだいぶ疎(うと)いじゃん？」

「それは母にも今朝言われました」

「うん。でね、貴族令嬢の一番の目的ってのは、ズバリ！　結婚相手を探すことだね！」

「結婚相手？　まだ早いのでは？」

「ん～、貴族的には、この学園で相手を見付けて婚約して卒業後に結婚。てのは割と常識だよね！　教会ではせめて上位神官になるまでは、生活が安定しないらしいけど、貴族ならほら、領地経営とか家業の引き継ぎとか、あとはお城に勤めてるならその仕事の試験勉強とかあるじゃん？　なるべくなら早く結婚して家を安定させて、ゆっくりと確実に家を継がせたいんじゃない？」

「なるほど。ですがその話からすると、私はその結婚相手には向いていないのでは？　まだ見習いにもなっていないのに」

「そこはほら、令嬢たちだって教会の仕組みについてそんなに詳しいことは知らないだろうし、教皇様の息子なら、とか思うんじゃない？」

「教皇は世襲制ではありませんよ？」

「うん、それは知ってるけど。貴族の家はほぼ世襲制だから、勘違いしてる人も多いんじゃない？　あとはただ単に、綺麗な顔を見られて目の保養とかもあるだろうし？」

「そうなのですか？」

「うん。そんなもんだと思ってれば、段々気にならなくなるよ～。街でキャーキャー言われるのと変わらないって！　だけど、あんまり見すぎちゃダメだよ！　街の女の子たちと違って、貴族のご令嬢はプライドが高いから、私なら見初められて当然！　みたいに思って、付きまとわれることもあるからね！」

「何やら恐ろしいですね」

「そうだよ～、貴族世界は結構陰湿だったり陰険だったりも多いからね～」

「なぜ貴族ではないディーグリーが、そんなに詳しいんですか？」

「そりゃ～ラバー商会は貴族との付き合いも多いし、子供の頃から店の手伝いをさせられてれば、嫌な貴族の十や二十は知ってるしね～」

「そんなにいるのですか？」

「いるいる～。特に下位貴族なんて、やたらプライドだけ高いのかうじゃうじゃいるね！　逆に高位貴族になるほど少なくなるね！」

「そうなんですね」

「だから、あんまりキャーキャー言われても、気にしない方がいいよ～ってこと！」

「分かりました」

「うん。ユーグラムはかわいい物に目がないけど、可愛い令嬢にも気を付けてね？」

「…………気を付けます」

「見た目可愛い令嬢の方が、中身強かなのも多いからね～！」

「…………どうやって見分ければいいのでしょう？」

「そ～ね～、だいたいはその周りにいる令嬢の反応で分かるかな？　本当に手強いのは、防ぐのが難しいけどね～」

「ディーグリーでも難しく思うのなら、私などコロッといかれるのでは？」

「まあ、本当に手強いのは、まずユーグラムを狙わないよ～。何せ教皇様の息子だからね！」

「そういうものですか？」

「うん。教会の熱心な信徒ってのは、時にものすごく厄介だからね！」

「なるほど」

「そこは納得するんだ？」

「ええ、教会にもいろいろいますから」

「まあそうね。んでここが食堂～！　お昼食べてこう！」

「そうですね。時間もちょうどいいですし」

食堂に入っていくと、キャーーっという複数の令嬢による叫び声が食堂内に響き渡った。

思わず耳を塞いでしまったが、これも気にしたらダメなやつだろうか？

ディーグリーを見れば、何食わぬ顔で空いた席を探している。

気にしてはダメなやつらしい。

ディーグリーの見つけた席に座り、注文を済ませ料理が届くのを待っている間も、ずっとキャーキャーヒソヒソされる。

気分はよくないが、なるほど、街を歩いている時とそう変わらない反応だ。

納得すれば慣れた対応をするだけ。

「うん、それでいいと思うよ～」

「そうですね、街歩きと変わらない対応で済みそうです」

「だいたいはね～。俺の場合は、たまに直に話しかけてくる人とかもいるけど、ユーグラムにはいかないと思うし～」

「それはなぜですか？」

「この学園での立ち位置だね～。ユーグラムは教皇様の息子だから、たぶん位置付けとしては、公爵家の嫡男くらいの地位として扱われると思うよ～」

「父は確かに教皇ですが、私にはなんの地位もありませんよ？」

「ほら、貴族的な考え方だと、貴族家の嫡男は父親の地位の一つ下の身分に準じる的なやつだよ！　教会の身分制度を知ってたとしても、学園でそれを守るのは難しいから、貴族的な考え方で！　ってやつ？」

「そういうものですか？」

「大半が貴族の学園だからね～」

「ではディーグリーが話しかけられるのは、平民だから？」

「そう～、平民なのにちょ～金持ちだから。下位貴族の次女以下なら、ちょ～優良物件！　なんなら伯爵家のご令嬢とかに声をかけられることもあるよ～。面倒くさいけどね！」

「それは、大変そうですね？」

「大変よ～、失礼のないように断るのは！」

「断ることは決まってるんですか？」

「俺、まだ15よ～？　結婚とかまだまだ先の話だね～。後継ぎでもないし」

「そうですね、私も考えたこともないです」

「だよね～！　それに末っ子の俺が先に結婚なんてなったら、あの姉たちが！　ねえ？」

「…………確かに、それは怖いですね」

「うん」

その後、運ばれてきた食事を無言で食べ、また学園の探索に戻った。

令嬢たちの悲鳴は不思議と気にならなくなった。

ディーグリーと2人、ブラブラと学園内を見て歩いていると、正門の方に差しかかり、だいたいの施設を見て回ったことになる。

あとは寮に帰ってのんびりするだけ、と歩いていると、男子寮の前のブラッサムの木の下に、何やら飛びはね枝を掴もうとしている令嬢。

「あれは何をしているのですか？」

「あー、たぶん枝に引っかかったリボンを取ろうとしてんじゃない？」

「お手伝いした方がいいでしょうか？」

「やめた方がいいと思うよ～？」

「なぜ？」

「だってここ男子寮のすぐ前じゃん？　引っかかったリボンは、風に飛ばされそうもない厚地の生地の物っぽいし、あれはわざと自分で引っかけて、男を釣ろうとしてるように俺には見えるけど～？」

「なるほど。あれがディーグリーの言っていた強かな令嬢ですね！」

「いやいや、あの程度なら、そんなに強かってほどじゃないし！　あんな見え見えの態度に引っかかるのはユーグラムくらいじゃない？」

「馬鹿にしてます？」

「それくらいユーグラムは世間知らずってのを自覚してってこと！」

「…………分かりました。確かにあなたに言われなければ引っかかっていたでしょうから」

結論が出たのでそのまま通り過ぎようとしたら、寮から走り出てくる影。

影はまっすぐに令嬢の元に走り寄り、

「リナ、どうした？」

「あ！　ディッシュ王子～。リナのリボンが木に引っかかっちゃって～取れないんですぅ～」

「なんだ、相変わらずリナはドジだな～」

「リナがドジなんじゃなくて、風がいたずらするんですぅ～！」

「ハハハ、風もリナに好かれたかったのかな？」

「フフフ、ディッシュ王子ったら！」

令嬢がディッシュ王子と呼ぶからには、第二王子のキャベンディッシュ殿下であるのだろう人物と2人。突然始まった茶番。

思わず見てしまったのが間違いだったのか、令嬢の方がこちらに気付き、キャベンディッシュ殿下に何やら耳打ちすると、2人はこちらに近づいてきた。

貴族令嬢にあるまじき、ピッタリとキャベンディッシュ殿下に身を寄せた令嬢。

その肩を当然のように抱くキャベンディッシュ殿下。

2人は結婚間近の婚約者だろうか？

それにしても、距離が近すぎないか？　と思っていると、

「お前たちは新入生か？」

名乗りもせずにいきなり問いかけられた。

貴族の礼儀としては、初対面同士の場合、まず身分の高い者が名乗り、それにこちらが答えて名乗ってから話が始まるものと習ったのだが？

突然話しかけられた時は、どうするのが正解だろうか？

隣のディーグリーも無言でいるので、答えが分からない。

「なぜ答えない？」

やや不機嫌そうな声になったキャベンディッシュ殿下に、

「いきなり王子様に声をかけられて、キンチョーしちゃったんじゃないですか～？」

「なるほど。ならば仕方ないな！　私から溢れ出る高貴なオーラにやられたのだろう！」

「フフフ！　ディッシュ王子さすが！」

「ところでお前は、教皇殿に似ているな？　今年入学すると噂になっていた息子か？」

「へ～きょーこーさんの息子さん？　綺麗な顔をしてますね～？　私リナっていいます！　私も今年入学なんですぅ！　仲良くしてくださいね！」

「なんだ？　リナには私がいるだろう？　他の男と仲良くとはどういうことだ？」

「やだも～ディッシュ王子ったら、焼きもちですかぁ～？　フフフ、リナが言ったのは～、お友達になってね！　ってことで～、ディッシュ王子は～、お友達じゃないでしょ～？」

「ハハハ！　そうだな！　リナと私は友達ではないな！　さあ、リナ、女子寮へ送っていこう」

「ええ、でもでも～、私お友達ともう少しお話ししたいですぅ～！」

「これから学園でいくらでも話す機会はあるさ、だから今は私を優先してほしいな？」

「フフフ！　もう～ディッシュ王子ったら甘えん坊さん！」

「こんな私は嫌かい？」

「嫌なわけないですぅ～！　とってもかわいい！」

2人は抱き合うように密着したまま遠ざかっていった。

「プハーーッ」

「フゥーーー」

ディーグリーと同時に大きく息を吐いてしまった。

「あれは、なんだったんでしょう？」

「なんだったんだろうね〜？」

「あれが本当に王子なのですか？」

「たぶんね〜。金髪で緑の目のキラキラ王子って、他の令嬢が噂してたし？」

「名乗りもしていないのに、話がどんどん進行していって、驚きました」

「ね〜、あの令嬢の中では、俺たち、勝手に友達認定されてたし！　そもそも誰だか知らないのに〜！」

「貴族令嬢とは、恐ろしい生き物ですね」

「ブフーーッ！　さすがにあれは規格外だから！　あんな令嬢、他にはいないから！　他の令嬢は、ちゃんと一般の礼儀くらい守るから！」

「そうですか。それを聞いて安心しました。あんな令嬢ばかりだったらどうしようかと思いました」

「さすがにあれはないよ～。俺もビックリしたし！」

その後も他の令嬢についていろいろ聞きながら、寮に戻った。

翌朝。

朝の弱いディーグリーを放って先に食堂へ向かうと、後ろから何やらうるさい話し声。

朝から元気なことだと感心しながら食堂に到着。

空いてる席を探すと、食堂の隅で食事をしている小さな存在に気付く。

最初は教職員の子供かと思ったが、教職員の食堂は別にあることを昨日の探索で知っていたので、違うと思い直しさらによく見ていると、目が合った。

短い黒い髪に、円らな瞳、鼻も口も小さく、頭に対して体が小さい、まさに幼児体型。

教職員の子供用に用意されただろう子供椅子が、それでも大きく見えるとは、なんという小ささ！　驚いたようにこちらを見る真ん丸の目の、なんと愛らしいことか！

ディーグリーの言ったように、中にはかわいらしい令嬢もいたが、私の琴線（きんせん）には触れてこなかった。

しかしこの子は違う！　かわいい！　愛らしい！　素晴らしい！

かつてない速度で近づき、同席者を確認してまた驚く！　遠目に見ただけだが、あれがアールスハイン殿下だよ～とディーグリーが言っていた人物が、驚いた顔でこちらを見ている。

つい欲望に負けて、失礼を承知で同席を求めれば、快く了承してくれた！

近くで見てもかわいらしい！　フォークを持つ手のなんと小さいことか！

途中邪魔が入ったが、確かアールスハイン殿下は同じクラスだったはず！

フフフフフ、これからの学園生活が楽しみですね！　ぜひ仲良くしてもらわなければ！

学園に入学した息子が２週間ぶりに帰ってきた。
こんなに長い間離れていたことはないので、不安はなかったけれど、なんとなく物足りなさというか、寂しさのようなものを感じていて、日々は忙しく過ぎていくけれど、息子の洗濯物がなかったり、食事を多く作りすぎてしまったりと、今までにないちょっとした変化に戸惑ったり、いつもはしない失敗をしてしまったり。
そのことで変に落ち込んでしまったり。妙に力が抜けてしまってボンヤリしたり。

そんな私を夫が労ってくれたり。

ああ、息子が巣立つとはこういうことかと納得して、自分も歳を取ったのだとしみじみ実感してしまったり。

そんな中で、夫が王都近郊の小さな教会に視察に行ってしまって、いつも以上に気が抜けていた日。

突然帰ってきた息子には驚いたけれど、嬉しかった。

誰に似たのか、いつもながらの変わらない無表情についはしゃいでしまって、いつもより食事の品数が増えてしまったり。

たくさん話を聞いて、学園に帰る息子の背中にわざわざ触れたりして見送って。

うふふ、思わず思い出し笑いを漏らすと、

「ただいま。機嫌がよさそうだけど、いいことでもあったのかな？」

「ふふ、お帰りなさい！　今日ね、ユーグラムが帰ってきたのだけど、いつになくとても楽しそうで、何があったのかを聞いてみたら、妖精さんに会ったんですって！」

いつも無表情の息子だけれど、生まれた時から見ているので、表情には出ない変化も見て取れる。

「妖精？　それはまた珍しいな？」

「そうでしょ⁉　王都にもまだ妖精さんているのね～？」

「いや、だいぶ前の魔法庁の調査では、王都に妖精はいないとの結果が出ていたはずだが？　誰かがこっそり捕らえた妖精だろうか？　学園にいたと言っていたのかい？」

「え？　一緒に食事をしたと言ってたわよ？」

「？　妖精と食事を？　妖精の食事は植物や空気中から魔力を取り込むことだったと思うが？」

「え？　どういうことかしら？　フォークを持つ手が小さくてかわいいとか、肉を噛みきれなくて困った顔がかわいいとか、ユーグラムが嘘をついている様子はなかったけど？」

「妖獣ではなかったのかい？」

「かわいらしい妖精さんだと言っていたけれど。アールスハイン殿下のお友達なんですって」

「ああ！　あの幼児殿のことか！」

幼児殿って？　夫の言い方は気になるけど、

「知ってるの？」

「少しだけ話をさせていただいたことがあってね」

「へー！　どんな方なの？」

「あー、確かにユーグラムが好みそうなかわいらしいお子様だったよ。少々規格外なお力の持ち主だったがな………」

物腰は柔らかいのに意外と物事をはっきり言う夫が、言葉を濁すのは珍しい。

「ええと、ユーグラムは親しくなれれば、と思ってるようだけど、大丈夫かしら？　何か問題のある方？」

「いや、おそらく問題はないだろう。私も詳しくは知らないが、悪意や邪念などは欠片も感じなかった。ただ、なんと言うか、無邪気に悪気なく信じられない事態を引き起こす、とでも言えばいいのか……」

「ええ？　ユーグラムに離れるように言った方がいいかしら？」

「いや、親しくなるぶんには構わないだろう。ただ、ユーグラムがどんな影響を受けて、どのように成長するかは予想できなくなったが」

「なんだか不安になってくるわね？」

「なんと言うのが的確なのかは分からないが、我々には計り知れない御仁ではあるな？　見た目はただただ愛らしい幼児なのに、その内に秘めた魔力は膨大で、そして神々しいほどの神聖さを感じる。ユーグラムにとっても悪い影響はないだろうが、かわいらしさに見誤ると手痛い目にあいかねない」

「あなたが言うのならそうなのでしょうけど、ユーグラムったらその子のかわいらしさばかり話してたわ。大丈夫なのかしら？」

「ディーグリー君のことは何か言っていたかい？」

「同じように親しくなれそうだと」

「ディーグリー君はユーグラムよりもはるかに人を見る目はある。彼が親しくなれそうだと言うのなら、安心していいだろう」

「そ～ねぇ。ユーグラムはとにかくかわいいものに目がないから、一見可愛らしい令嬢にでも騙されないかと心配だったけど、令嬢ではなく妖精さんならまだマシかしら？」

「お城の方々の様子を見るに、幼児殿は見た目通りにかわいがられている様子。そういった方は悪意を撒き散らすようなことはなさらないだろう」

「なんだかあなたの言う幼児殿？とユーグラムの言う妖精さんの印象が重ならないのだけど？」

「おそらくユーグラムはまだ幼児殿のお力を知らないのだろう。その片鱗(へんりん)でも目の当たりにすれば、認識はガラッと変えられるだろうけれどね？」

ちょっと面白そうに言う夫に、心配はなさそうだと安心する。

まあ、私たちの手を離れてしまった息子の変化を、私たちは見守ることしかできないのだけど、その変化がいい方向に向かうことを祈って、次に帰ってきた時に話を聞くのを楽しみにすることにしよう。

あとがき

こんにちは。『ちったい俺の巻き込まれ異世界生活3』を手に取っていただき、ありがとうございます。ぬーです。

もう3巻なのか、まだ3巻なのかは、その日の気分によって感じ方が違いますが、とてもありがたく思っております。

世の中には素晴らしい作品が大量に出回っているにも関わらず、お手に取っていただけたのは、こよいみつき様の可愛らしいケータの姿に心惹かれる方が多かったからだと思いますが、内容にも少しくらいは心惹かれる場面が出てくることを願います。

あとがきに何を書けばよいか悩んで（魅力的なあとがき）を検索してみたところ、ネタに走ったあとがきとか、あとがきだけの別の連載話とか、作品の解説とかが出てきたのですが、解説するほど複雑な話でもなく、ネタに走る、または別の話を書く、といった独創性もないため、どうしたものかと言い訳をつらつらと書いております。

言い訳ついでに、ケータの転生した世界の魔物のことですが、魔物それぞれにちゃんと名前が付いていています。

ただしケータは根がおっさんなので、新しい名前を覚えるのが苦手で、熊魔物や兎魔物と呼称しています。

それで通じるからいいじゃん？　といったおっさんらしい図々しさも持ち合わせております。

さすがに人の名前は間違うと失礼なので覚えようとはしていますが、親しい人以外はどんどん忘れていきます。何せ中身はおっさんなので。

そんなおっさんの図太さやいい加減さも楽しんでいただけると嬉しいです。


今回も可愛らしいイラストの数々を描いていただいたこよいみつき様、ありがとうございました！　ハクのムニムニ感がたまりません！

お世話になったツギクル編集部の方々、いつもいつもお手数おかけします。ありがとうございます。

読んでくださった読者様、少しでも楽しんでいただけたら嬉しいです。ありがとうございました。

２０２３年１月　ぬー

次世代型コンテンツポータルサイト

「ツギクル」はWeb発クリエイターの活躍が珍しくなくなった流れを背景に、作家などを目指すクリエイターに最新のIT技術による環境を提供し、Web上での創作活動を支援するサービスです。

作品を投稿あるいは登録することで、アクセス数などの人気指標がランキングで表示されるほか、作品の構成要素、特徴、類似作品情報、文章の読みやすさなど、AIを活用した作品分析を行うことができます。

今後も登録作品からの書籍化を行っていく予定です。

ツギクルAI分析結果

「ちったい俺の巻き込まれ異世界生活3」のジャンル構成は、ファンタジーに続いて、SF、恋愛、ミステリー、歴史・時代、ホラー、青春、現代文学、童話の順番に要素が多い結果となりました。

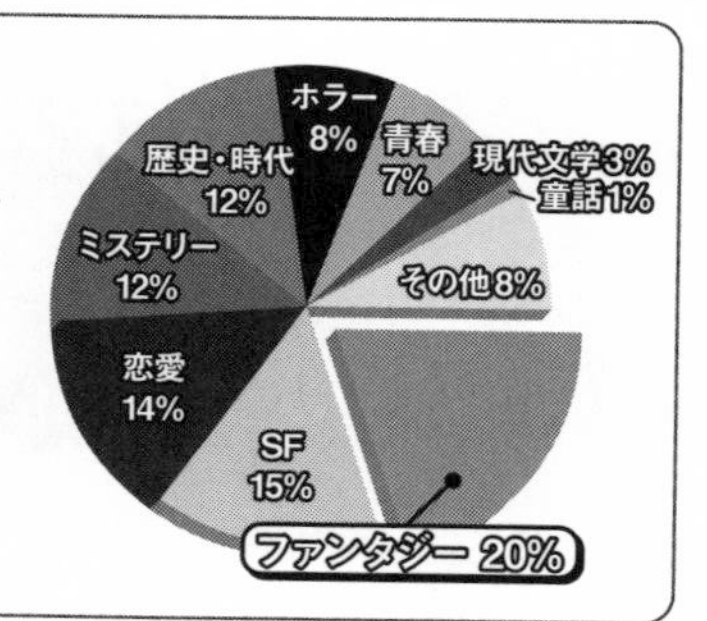

期間限定SS配信

「ちったい俺の巻き込まれ異世界生活3」

右記のQRコードを読み込むと、「ちったい俺の巻き込まれ異世界生活3」のスペシャルストーリーを楽しむことができます。ぜひアクセスしてください。

キャンペーン期間は2023年8月10日までとなっております。

聖女にしか育てられない『乙女の百合』を見事咲かせたエルヴィラに対して、若き王、アレキサンデルは突然、「お前が育てていた『乙女の百合』は偽物だった！　この偽聖女め！」と言い放つ。同時に婚約破棄が言い渡され、新しい聖女の補佐を命ぜられた。偽聖女として飼い殺しにされるのは、まっぴらごめん。隣国の皇太子に誘われて、エルヴィラは国外に逃亡することを決意。一方、エルヴィラがいなくなった国内では、次々と災害が起こり――

逃亡した聖女と恋愛奥手な皇太子による異世界隣国ロマンスが、今はじまる！

1巻：定価1,320円（本体1,200円＋税10%）ISBN978-4-8156-0692-3
2巻：定価1,430円（本体1,300円＋税10%）ISBN978-4-8156-1315-0
3巻：定価1,430円（本体1,300円＋税10%）ISBN978-4-8156-1913-8

愛読者アンケートに回答してカバーイラストをダウンロード！

愛読者アンケートや本書に関するご意見、ぬー先生、こよいみつき先生へのファンレターは、下記のURLまたは右のQRコードよりアクセスしてください。
アンケートにご回答いただくとカバーイラストの画像データがダウンロードできますので、壁紙などでご使用ください。
https://books.tugikuru.jp/q/202302/chittaiore3.html

本書は、「小説家になろう」（https://syosetu.com/）に掲載された作品を加筆・改稿のうえ書籍化したものです。

ちったい俺の巻き込まれ異世界生活３

2023年2月25日　初版第1刷発行

著者　ぬー

発行人　宇草 亮
発行所　ツギクル株式会社
〒106-0032　東京都港区六本木2-4-5
TEL 03-5549-1184
発売元　SBクリエイティブ株式会社
〒106-0032　東京都港区六本木2-4-5
TEL 03-5549-1201

イラスト　こよいみつき
装丁　株式会社エストール

印刷・製本　中央精版印刷株式会社

ISBN978-4-8156-1918-3
Printed in Japan